新疆故事集

刘亮程

著

只 为 优 质 阅 读

好
读
———
Goodreads

目录

一切都没有过去	/ 1
生意	/ 7
最后的铁匠	/ 15
两个古币商	/ 25
坎土曼的事情	/ 33
逛巴扎	/ 41
托包克游戏	/ 53
龟兹驴志	/ 63
无法说出	/ 73
远路上的新疆饭	/ 81
牧游	/ 97
冯四	/ 109

偷苞谷的贼	/ 121
修门	/ 133
大地落日	/ 143
野地上的麦子	/ 153
麦收	/ 165
逃跑的马	/ 171
大白鹅的冬天	/ 181
我做梦的气味被一只狗闻见	/ 197
等一只老鼠老死	/ 203
说给驴听	/ 213
一个人的村庄	/ 225

一切都没有过去

我对库车的兴趣源于许多年前的一次南疆之行。那时我刚从新疆北部一个偏僻的小村庄走出，天山以南的南疆对我还是一片完全陌生的地域，我对迎面而来的更广阔无边的戈壁荒漠惊叹不已。那是一次漫长而紧促的行旅，几千公里的路途，几乎没有在哪儿停顿过，沿途一阵风一样穿过的那些维吾尔族人居住的村落城镇，就像曾经的梦境般熟悉亲切。低矮破旧的土房子、深陷沙漠的小块田地、环屋绕树的袅袅炊烟，以及赶驴车下地的农人——仿佛我是生活在其中的一个人，又永远地置身其外。一切都像一场梦一样飘忽，一阵风一样没有着落。也许是为弥补那次行旅的紧促，梦中我又沿那条长路走过无数次。

记得我们在一个周五的黄昏到达库车老城，满街的毛驴车正在散去。那是老城每周一次的巴扎（集市）日。我们停车在库车河边，在写有"龟兹古渡"桥头旁的一家维吾尔族饭馆吃晚饭，街上一片零乱，没卖掉的农具、手工制品和农产品正被收拾起来，装上毛驴车。赶集的人渐渐走散，消失在夕阳尘土里，临街的门窗悄然关闭，仿佛库车的热闹到此为止。只有街对面，一个维吾尔族妇女依旧端坐在那里，她的褐色纱巾一直垂到膝盖，卖剩的半筐馕摆在面前，街上离散的人群似乎跟她没有关系。

那时我对库车的历史知之甚少，现在仍不会知道更多。除了史书上有关库车——古龟兹国的一些片段文字，以及残存在这块土地上让人吃惊的千佛洞窟和古城遗址，库车的历史从来就没被谁清晰地看见过。

而比历史更近的，坐在街边卖馕的那个维吾尔族妇女的生活，已经离我十分遥远了。在我看来，她披在头上的纱巾并不比两千年的历史帷幕单薄。她从哪里来，她叫什么名字，在这座老城的低矮土巷里，她过着怎样一种生活。她的红柳条筐是千年前的模样，她卖剩的馕仿佛放了几个世纪。还有，那纱巾后面，一双怎样的眼睛在看着我们，看着这个黄昏人世。

我禁不住走过去，向她买一块馕。"多少钱一块？"我想听见纱巾背后的声音，却没有，她只微微抬臂，伸出一个指头。我递给她一块钱。

那块馕上肯定落了一天的尘土，我看不见。馕是麦黄色的。她递给我时用手拍打了两下，我接过来，也学她的样子拍打两下，又嘴对着吹了几口,也不见有土被吹打下来,只有昏黄的暮色落在上面。

我转过身,街上已经空荡荡了,临街的几家饭馆亮起了灯。我们原打算在库车住一夜,吃了一大盘抓饭后,都有了精神,便又决定继续赶路,库车城就这样埋在身后的长夜里。

那时我想,我或许是一个运气不好的人,紧赶慢赶,赶在了一个黄昏末世。我喜欢的那些延续久远的东西正在消失,而那些新东西,过多少年才会被我熟悉和认识。我不一定会喜欢未来,我渴望在一种人们过旧的年月里安置心灵和身体。如果可能,我宁愿把未来送给别人,只留下过去,给自己。

库车老城是一处难得的昔年旧址。我想象中的古老生活,似乎就在那些土街土巷里完整地保存着。有时我会想起那个卖馕的维吾尔族妇女,她纱巾后面的一双眼睛,她永远卖不完,剩下一个等着谁的麦黄圆馕。想起摆在老城街边的手工农具、铜器,那一切,会不会在我偶然途经的那个黄昏,永远消失?

直到这次,我再来到库车,看到多年前一晃而过的老城还在那里。穿城而过的库车河,龟兹古渡、清真寺、满街的毛驴车,仿佛时光在这里停住,一切都没有过去,只有我的年华在流逝。

随着中年来临,我正一点点地接近那些古老事物。我和它们就像曾经沧海的一对老人一样一见如故。我走了那么多地方,看了那么多书,思考了那么多事情,到头来我的想法和那个坐在街边打盹的老人一模一样。你看他一动不动,就到了我一辈子要走到的地方。

而我,还在半路上呢。

生意

只是不能让自己闲下来。仅仅是这样。生意做到如今已没什么利润。

在龟兹古渡西边,一间不足十平方米的低矮房子里,从新疆大学法律系毕业的买买提,做着不挣钱的剃头生意。他毕业三年了,找不到工作。头两年四处奔波,参加各种招工应聘考试。后来就死心了,开了这间理发店。他上了四年大学,花掉了母亲一生的积蓄,还欠了不少钱。他不想再回到库车河边那帮游手好闲的青年中去。他上了大学,原想能走出库车,跟他们不一样。现在,其实他又变得跟他们一样了,在这条老街的尘土中混日子。

这条不长的街道上开着九家理发店。一个人长长胡子要十天,长长头发要一个多月。那么多剃刀刮胡刀等着他们。剃一个头一块钱,刮脸一块五。好多脸一辈子不刮一次。维吾尔族男人喜欢留胡子,有剃阴毛的习惯,大多自己在洗澡堂剃。

买买提的剃刀常常闲得生锈。房租一年一千二百块,工商税每月二十块，税务税二十块，水电费三十五块。买买提一天到晚挣五块十块钱，几乎在白干，但是没这件活人就闲住了。他的师傅牙生对他说，人得有件事情在手上，大事小事都行。没钱花穷一点可以过去，没肉吃啃干馕嘛，没事情做这一天可咋过去。买买提才二十五岁，活到跟他师傅牙生一般大，还有五十年，这可不是个小数字。打发这么多年月得有一件日久天长的大事，可大事在哪儿呢。靠个小理发店打发这么长的一辈子他真不愿意，但他的师傅牙生就是靠剃头活了一辈子。十五岁做学徒，现在七十五岁，带着几个徒弟，很多老顾客的头，还是他亲自剃。他剃过的头有一半已经不在人世。另一半，从黑发剃到白头。师傅对人头脑里的想法，比买买提知道的多。许多躺在椅子上让他剃头的人，情愿把脑子里的想法说给他听。只要他的剃刀挨近头皮，那些人就会滔滔不绝地说起往事。"你看，我哪儿都没去过，守一个剃头的小生意，却知道库车城里的许多事。那些管历史的人都没我知道的多，我只是不说出去，那些来剃头的人都愿把埋了好多年的话说给我听，他们知道我不会说出去。我一天到晚都在理发店，不会闲得没事跑到街上传闲话，这都是我的收获呀。钱嘛，算啥。"师傅牙生经常对买买提说："你要有件事情在手上，牢牢守住。"

你看那个收旧货的玉素甫，每天一大早，把毛驴车停在巷子口，车上放几个旧录音机、破木箱子，自己躺在一边睡觉。他从不乱跑，不满巷子吆喝。他的毛驴车在巷子口停了许多年了。全库车的人都知道这个巷子口有个收旧货的老头,有要卖的旧东西他们会自己搬过来,或者说一声让他赶驴车去拉。他把那块地方守住了。毛驴车和车上的几件旧货是他永远不变的招牌。

库车老城里有卖不完的旧东西。从两千年前的汉代马钱、龟兹古币,到明清时期的瓷器,以及伊斯兰风格的各种铜器,还有现代电器、废铁烂桌椅,玉素甫见什么收什么。他知道谁家有哪些东西,哪些东西已经用旧,该换新的了。那些人家的新电视机从巷子口抬进去的时候,玉素甫就知道,这些东西迟早是他的。别看他们几千块钱买来,过不了十年,他用几十块钱甚至几块钱就收购了。他有的是时间等那些东西变旧、变坏。还有他们舍不得卖的老古董,祖传的金银铜器,这需要更长久的耐心等待它们。他从不上门吆喝,他的毛驴车一天到晚停在巷口。家中有旧货的人,从毛驴车旁过来过去,总有耐不住诱惑的,把存藏多年的旧东西抱出来。玉素甫眯缝着眼睛,一直等这个人走近,喊一声,他还不起来,直到人家把东西放下,蹬一脚毛驴车,他才慢腾腾地坐起,睁一睁眼睛。

买买提的理发店斜对面,龟兹古渡桥头,是每个巴扎日的鸡市、鸽子市。买买提经常看见一个长胡子老汉,怀里抱一只鸡,从早坐到晚,还没卖出去。买买提有时替那个老人着急,真想把那只鸡买回来。可是,买买提一天的收入,顶多够买半只鸡。巴扎日也是剃头生意最好的日子,远近村庄的农民,把头发胡子留着,到巴扎上来剃。卖点农产品,吃一碗抓饭,再刮净脸、剃光头,换个人一样地坐毛驴车回去。

一次,买买提问一个来剃头的买卖人。那个长胡子老汉的鸡嘛,他大概是不想卖,一开口要价四十块钱。买卖人说,这个价格是不想出手,他在靠那只鸡熬日子,家里大概就一只鸡。一大早把鸡卖了,剩下一整天他干啥去。晌午把鸡卖了,下午他干啥去。这个巴扎日把鸡卖了,下个巴扎日他又干啥去。反正,鸡抱在怀里,又飞不掉。只要坐在那里,总会有人过来跟他说这只鸡的事。有时会有几十个人围着他,讨价还价。有的是真买,有的只是讨讨价,磨磨嘴皮子。就像他怀里有一只压根不卖的鸡,那些人的脑子里,也仅有一个买鸡的想法,无论价杀到多少,都不会掏出钱来。

长胡子老汉兜里装着苞谷粒,不时捏出几粒,塞到鸡嘴里。鸡在怀里长肉呢,还是只红花母鸡。说不定熬到下午,下一个蛋,四毛钱又回来了。

桥头除了卖乡下土鸡的,还有卖斗鸡的,装在麻袋或笼子里,样子很凶,见别的鸡就想扑过去。斗鸡售价很高。在库车河边几个隐秘处,每个巴扎都有玩斗鸡的,多带赌博。玩者往鸡身上押注,在一阵鸡毛乱飞的叼斗中获得输赢。

生意最火的是买卖鸽子。库车维吾尔族人喜欢养鸽、玩鸽。肉鸽五块钱八块钱一只,信鸽和玩赏鸽就无价了。卖鸽的人将鸽子藏在袖筒里，露一个鸽头，其余的全在他的话语里：这只鸽子嘛，飞到天上，翻几个跟头，直直栽下来，快碰到地了嘛，一抬头，直直地又上去了，鹞子都追不上。卖鸽人不会把鸽子放到天上做这些动作，所有鸽子都靠卖鸽人的嘴，在想象的天空中飞舞。还有帮腔的，以更坚定的口吻证明这些话的真实。鸽子只是转动着一对小眼睛，看看人，又看看别的鸽子。人的大话可能进不到它的小耳朵里。炒一只鸽子，就像炒一只股，炒起来就能卖掉，跌到谁手里谁倒霉。

买买提以前跟几个朋友在鸽市上混过，知道那些卖鸽人的把戏。一只鸽子早晨在阿不都的袖筒里，不到中午又到了米吉提的袖筒，下午，它不知又在谁的袖筒里咕咕叫呢。也可能天黑前，又回到阿不都手里。这个过程中有人赚了五块十块，有人赔了两三块，有人不赔不赚。

这种买卖虽有趣好玩，但总觉得不踏实，不是件正经事。那些钱票子，就像鸽子身上掉下的毛，不知啥时会落到自己手里，到手了也还会飘去。鸽市上的人五花八门，有的是小偷、吸白面的，弄不好就把自己栽进去。

买买提就是在一个赔了几十块钱的巴扎日下午，离开鸽市走进牙生的小理发店，剃完头，刮过脸，然后就做了牙生的徒弟。那是他大学毕业后的第二年秋天。现在，买买提也收了一个小徒弟，十四五岁，小巴朗（男孩）聪明能干，很快就能单独剃头了。一般的活，买买提就让徒弟干了，自己靠在背椅上看书，跟顾客聊天。他很少碰到师傅牙生说的把满脑子想法说给自己听的那种人，找他理发的人大多沉默寡语，他问一句，人家答一句，不问便没话了。他的小理发店一天到晚静静的，他和小徒弟也很少说话，没活干时两个人就面朝窗口看着街，看停在门口待客的毛驴车，有时驴叫声会让他稍稍兴奋。

买买提还没想好该怎样度过一辈子，不能像师傅教导他一样教导自己的徒弟。师傅的所有意图是让他安下心来，把一件事做到底。做到底又能怎么样呢？会不会像师傅牙生一样，握把小剃刀忙了一辈子，没挣上啥钱，只装了一脑子生活道理。这些道理说不上有多好，也说不上有啥不好。那种生活，适合人慢慢地去过。只是买买提还年轻，有许多梦没有醒。俗话说，腿好的时候多走路，牙好的时候多吃肉。买买提腿和牙都好得很，可是，路和肉在哪里？

买买提知道师傅所说的，是老城人都在过的一种最后的生活——当你在外面实在没啥奔头时，就回到这条老街的尘土中，做一件小事情，一直到老。况且，人不会一直不停忙地上的俗事，到了一定年龄，你会听到上天的召唤。那时，身边手边的事就不重要了，再大的事都成了小事。

最后的铁匠

铁匠比那些城外的农民，更早地闻到麦香。在库车，麦芒初黄，铁匠们便打好一把把镰刀，等待赶集的农民来买。铁匠赶着季节做铁活，春耕前打犁铧、铲子、刨锄子和各种农机具零件。麦收前打镰刀。当农民们顶着烈日割麦时，铁匠已转手打制他们刨地挖渠的坎土曼了。

铁匠们知道，这些东西打早了没用。打晚了，就卖不出去，只有挂在墙上等待明年。

吐尔洪·吐迪是这个祖传十三代的铁匠家庭中最年轻的铁匠。他十三岁跟父亲学打铁，今年二十四岁，成家一年多了，有个不到一岁的儿子。吐尔洪说，孩子长大后说啥也不让他打铁了，让他好好上学，出来干别的去。吐尔洪说他当时就不愿学打铁，父亲却硬逼着他学。打铁太累人，又挣不上钱。他们家打了十几代铁了，还住在这些破烂房子里，他结婚时都没钱盖一间新房子。

吐尔洪的父亲吐迪·艾则孜也是十二三岁学打铁的。他父亲是库车城里有名的铁匠，一年四季，来定做铁器的人络绎不绝。那时的家境比现在稍好一些，妇女们在家做饭看管孩子，从不到铁匠炉前去干活。父亲的一把锤子养活一家人，日子还算过得去。吐迪也不愿跟父亲学打铁，没干几天就跑掉了。他嫌打铁锤太重，累死累活挥半天才挣几块钱，他想出去做买卖。父亲给了他一点钱，他买了一车西瓜，卸在街边叫卖。结果，西瓜一半是生的，卖不出去。生意做赔了，他才又垂头丧气回到父亲的铁匠炉旁。

　　父亲说："我们就是干这个的，祖宗给我们选了打铁这一行都快一千年了，多少朝代灭掉了，我们虽没挣到多少钱，却也活得好好的。只要一代一代把手艺传下去，就会有一口饭吃。我们不干这个干啥去。"

　　吐迪就这样硬着头皮干了下来，从父亲手里学会了打制各种农具。父亲去世后，他又把手艺传给四个弟弟和一个妹妹。他们又接着往下一辈传。如今在库车老城，他们家族共有十几个打铁的。吐迪的两个弟弟和一个侄子，跟他同在沙依巴克街边的一条小巷子里打铁，一人一个铁炉，紧挨着。吐迪和儿子吐尔洪的炉子在最里边，两个弟弟和侄子的炉子安在巷口，一天到晚炉火不断，铁锤叮叮当当。吐迪的妹妹在另一条街上开铁匠铺，是城里有名的女铁匠，善做一些小农具，活做得精巧细致。

吐迪说他儿子吐尔洪坎土曼打得可以，打镰刀还不行，欠点功夫。铁匠家有自己的规矩，每样铁活都必须学到师傅满意了，才可以另立铁炉去做活。不然学个半吊子手艺，打的镰刀割不下来麦子，那会败坏家族的荣誉。吐迪是这个家族中最年长者，无论是说话还是教儿子打镰刀，都一脸严肃。他今年五十六岁，看上去还很壮实。他正把自己的手艺一样一样地传给儿子吐尔洪·吐迪。从打最简单的蚂蟥钉，到打坎土曼、镰刀，但吐迪·艾则孜知道，有些很微妙的东西，是无法准确地传给下一代的。铁匠活就这样，锤打到最后越来越没力气。每一代间都在失传一些东西。比如手的感觉，一把镰刀打到什么程度刚好。尽管手把手地教，一双手终究无法把那种微妙的感觉传给另一双手。

还有，一把镰刀面对着广阔田野，各种各样的人。每一把镰刀都会不一样，因为每一只用镰刀的手不一样，每只手的习惯不一样。打镰刀的人，靠一双手，给千万只不一样的手打制如意家什。想到远近田野里埋头劳作的那些人，劲大的、劲小的、女人、男人、未成年的孩子……铁匠的每一把镰刀，都针对他想到的某一个人。从一块废铁烧红，落下第一锤，到打成成品，铁匠心中首先成形的是用这把镰刀的那个人。在飞溅的火星和叮叮当当的锤声里，那个人逐渐清晰，从远远的麦田中直起身，一步步走近。这时候铁匠手中的镰刀还是一弯扁铁，但已经有了雏形，像一个幼芽刚从土里长出来。铁匠知道它会长成怎样的一把大弯镰，铁匠的锤从那一刻起，变得干脆有力。

这片田野上，男人大多喜欢用大弯镰，一下搂一大片麦子，嚓的一声割倒。大开大合的干法。这种镰刀呈抛物型，镰刀从把手伸出，朝后弯一定幅度，像铅球运动员向后倾身用力，然后朝前直伸而去，刀刃一直伸到用镰者性情与气力的极端处。每把大镰刀又都有微小的差异。也有怜惜气力的人，用一把半大镰刀，游刃有余。还有人喜欢蹲着干活，镰刀小巧，一下搂一小把麦子，几乎能数清自家地里长了多少棵麦子。还有那些妇女，用耳环一样弯弯的镰刀，搂过来的每株麦穗都不会散失。

打镰刀的人，要给每一只不同的手准备镰刀，还要想到左撇子、反手握镰刀的人。一把镰刀用五年就不行了，坎土曼用七八年。五年前在这儿买过镰刀的那些人，今年又该来了，还有那个短胳膊买买提，五年前定做过一把长把子镰刀，也该用坏了。也许就这一两天，他正筹措买一把镰刀的钱呢。这两年棉花价不稳定，农民一年比一年穷。麦子一公斤才卖几毛钱。割麦子的镰刀自然卖不上好价。七八块钱出手，就算不错。已经好几年，一把镰刀卖不到十块钱。什么东西都不值钱，杏子一公斤四五毛钱。卖两筐杏子的钱，才够买一把镰刀。因为缺钱，一把该扔掉的破镰刀也许又留在手里，磨一磨再用一个夏季。

不论什么情况，打镰刀的人都会将这把镰刀打好，挂在墙上等着。不管这个人来或不来。铁匠活不会放坏。一把镰刀只适合某一个人，别人不会买它。打镰刀的人，每年都剩下几把镰刀，等不到买主。它们在铁匠铺黑黑的墙壁上，挂到明年，挂到后年，有的一挂多年。铁匠从不轻易把他打的镰刀毁掉重打，他相信走远的人还会回来。不管过去多少年，他曾经想到的那个人，终究会在茫茫田野中抬起头来，一步一步向这把镰刀走近。在铁匠家族近一千年的打铁历史中，还没有一把百年前的镰刀剩到今天。

只有一回，吐迪的太爷掌锤时，给一个左撇子打过一把歪把子大弯镰。那人交了两块钱定金，便一去不回。吐迪的太爷打好镰刀，等了一年又一年，等到太爷下世，吐迪的爷爷掌锤，他父亲跟着做学徒时，终于等来一个左撇子，他一眼看上那把镰刀，二话没说就买走了。这把镰刀等了整整六十七年，用它的人终于又出现了。

在那六十七年里，铁匠每年都取下那把镰刀敲打几下。打铁的人认为，他们的敲打声能提醒远近村落里买镰刀的人。他们时常取下找不到买主的镰刀敲打几下，每次都能看出一把镰刀的欠缺处：这个地方少打了两锤，那个地方敲偏了。手工活就是这样，永远都不能说完成，打成了还可打得更精细。随着人手艺的进步和对使用者的认识理解不同，一把镰刀可以永远地敲打下去。那些锤点，落在多少年前的锤点上。叮叮当当的锤声，在一条窄窄的胡同里流传，后一声追赶着前一声。后一声仿佛前一声的回音。一声比一声遥远、空洞。仿佛每一锤都是多年前那一锤的回声,一声声地传回来,沿我们看不见的一条古老胡同。

吐迪·艾则孜打镰刀时眼皮低垂,眯成细细弯镰的眼睛里,只有一把逐渐成型的镰刀。儿子吐尔洪就没这么专注了,手里打着镰刀,心里不知道想着啥事情,眼睛东张西望。铁匠炉旁一天到晚围着人,有来买镰刀的,有闲着没事看打镰刀的。天冷了还是烤火的好地方,无家可归的人,冻极了挨近铁匠炉,手伸进炉火里燎两下,又赶紧塞回袖筒赶路去了。

麦收前常有来修镰刀的乡下人,一坐大半天。一把卖掉的镰刀,三五年后又回到铁匠炉前,用得豁豁牙牙,木把也松动了。铁匠举起镰刀,扫一眼就能认出这把是不是自己打的。旧镰刀扔进炉中,烧红,修刃,淬火,看上去又跟新的一样。修一把旧镰刀一两块钱,也有耍赖皮不给钱的,丢下一句好话就走了,三五年不见面,直到镰刀再次用坏。一把镰刀顶多修两次,铁匠就再不会修了。修好一把旧镰刀,就等于少卖一把新的。

吐迪家的每一把镰刀上,都留有自己的记痕。过去三十年五十年,甚至一二百年,他们都能认出自己家族打制的镰刀。那些记痕留在不易磨损的镰刀臂弯处,像两排月牙形的指甲印,千年以来他们就这样传递记忆。每一代的印记都有所不同,一样的月牙形指甲印,在家族的每一个铁匠手里排出不同的形式。没有具体的图谱记载每一代祖先打出的印记是怎样的形式。这种简单的变化,过去几代人数百年后,肯定会有一个后代打在镰刀弯臂上的印记与某个祖先的完全一致,冥冥中他们叠合在一起。那把千年前的镰刀,又神秘地、不被觉察地握在某个人手里。他用它割麦子、割草、芟树枝、削锨把和鞭杆……千百年来,就是这些永远不变的事情在磨损着一把又一把镰刀。

打镰刀的人把自己的年年月月打进黑铁里,铁块烧红,变冷,再烧红;锤子落下,挥起,再落下。这些看似简单、千年不变的手工活,也许一旦失传便永远地消失了,我们再不会找回它。那是一种生活方式。它不仅仅是架一个打铁炉,掌握火候,把一块铁打成镰刀这样简单的事。更重要的是打铁人长年累月,一代一代积累下来的那种心理。通过一把镰刀对世界、人生的理解与认识,到头来真正失传的是这些东西。

吐尔洪·吐迪家的铁匠铺,还会一年一年敲打下去。他打到跟父亲一样的年岁还有几十年时间呢,到那时不知生活变成什么样子。他是否会像父亲一样,虽然自己当初不愿学打铁,却又硬逼着儿子去学这门累人的笨重手艺。在这段漫长的铁匠生涯中,一个人的想法或许会渐渐地变得跟祖先一样古老。不管过去多少年,社会怎样变革,人们总会在一生的某个时期,跟远在时光那头的祖先们想到一起。

吐尔洪会从父亲吐迪那里，学会打铁的所有手艺，他是否再往下传，就是他自己的事了。那片田野还会一年一年地生长麦子，每家每户的一小畦麦地，还要用镰刀去收割。那从铁匠铺里一锤一锤敲打出来的镰刀，就像一弯过时的月亮，暗淡、古老、陈旧，却不会沉落。

两个古币商

在沙依巴克街一条小巷子里，年轻阿訇肉孜，做着一般人看不懂的古币生意，从一扇不起眼的小木门进去，里面是一间套一间迷宫般的小房子。在肉孜家里可以看到库车两千多年来各时期的钱币，自汉代以来中原各朝代的铜币，以及古丝绸之路上过往商人留下的许多国家和王朝的金币银币。肉孜不做收藏，只是倒卖。暂时卖不掉的留在家里，日积月累，他留下的古币已经成箱成柜，其数量种类早已超过专门的收藏者。

肉孜阿訇很少离开库车，不大知道一枚龟兹铜钱在广州、北京的钱市上是什么价。他只是廉价收来，能赚一个令自己满意的数目，就出手了。他主要的买主是新城里的小兰姑娘。小兰做了十几年古币生意，知道外面行情。她也很少打问肉孜花多少钱从别人手里收来这些东西的。常常是肉孜说一个价，小兰觉得有赚头便成交了。

肉孜早先做旧地毯生意，是小兰把他引入经营古币这一行当的，时间大概是二十世纪九十年代初。那时肉孜在乡下收购旧地毯，顺便捡了半袋子铜钱，回来后也没当回事，见锈迹斑斑的，便倒在石灰盆中浸泡。这事不知怎的让小兰打问到了，以五毛钱一枚的价格全部买了去。

聪明的肉孜阿訇不久后便打问清楚了，小兰从他手中买走的铜钱，是新疆制的"建中大历"，当时全国仅发现两枚，每枚市价五千到一万元。小兰一下购得三百枚，成了钱币界一件大事。这批古钱富了小兰，也使肉孜阿訇从此改行，专营起钱币生意。他的生活也从那时起一年年好转起来，一开始骑毛驴、坐驴车下去找钱，后来改骑摩托车。房子也由早先的一间扩到现在的许多间。他和小兰，成了库车钱币行的一对好搭档。

肉孜汉语说得不好，只会简单几句，无法到外地做钱币生意。小兰也只懂简单的几句维吾尔语，很少亲自到下面的村子里收购钱币。他们自然而然地做起联手生意：一个跑乡下，一个守城里。库车远远近近的村子，以及和田、阿克苏、喀什的大小村镇，都经常能看见肉孜和他那辆红色摩托车的影子。那些大户人家的宅院、没落贵族后裔的破房子、废品收购站，以及铜匠铺中，都有可能出现好东西。肉孜见什么收什么，只要是他认为的好东西：古钱、旧铜器、金银元宝、首饰、羊皮书……通通弄回家。小兰则坐守城中，从肉孜弄回的大堆破烂中找寻自己需要的东西。有些古币肉孜不认识，很便宜就让小兰买走了。好在肉孜聪明好学，吃一次亏就长一次见识。他除了向同行请教，还专门学习汉字，翻阅钱币书籍，渐渐地也懂得了一些钱币的知识和价值。他和小兰的关系，也逐渐变成两个钱币内行的交易。

两个古币商，多少年来就这样倒腾着这片古老土地上的钱币，汉、魏晋时期的和田马钱，龟兹"汉龟二体钱"（钱币中铸有汉文、龟兹文两种文字），察合台汗国钱，十七世纪后期的准噶尔"普尔钱"，以及贵霜、波斯、拜占庭等古老王朝的钱币，都在他们手中汇聚，然后"流通"到各地。

一枚库车出土的古钱，一般经过这样几个环节到达广州、北京的钱市。先是一个农民翻地挖柴（或偷偷到古城遗址挖掘）时，一坎土曼刨出来，有时一枚，有时数枚或一堆。接着是听到消息的肉孜阿訇，连夜骑摩托车下去，找到挖坎土曼的人。往往去晚了钱币已经到另一个钱贩子手里，也可能一夜之间转了三次手，从一个村庄倒卖到另一个村庄，价钱也翻了几个跟头，肉孜只好多花钱买回来。不管多贵买来，肉孜都会再加上一个自己满意的数字，卖给别人，这部分是利润，他一般不让人。

然后是小兰。她一般每周去一趟肉孜家，肉孜有了新货也会及时打电话给她。小兰看过钱币的种类、品相后，马上打电话给在广州做事的丈夫，丈夫报给她那边的价位。小兰一般不跟肉孜讨价，他们合作了十几年，早熟悉对方的脾气，她觉得价格合适就立马成交。顶多五天后，这些古币便通过邮政快件，到达广州钱市。

这个过程中赚得最少的是那个挖坎土曼的人，虽然他只投入了一点力气，还是意外之财，但这一坎土曼刨出来的，或许是他一生唯一的一次好运气，若卖到几千块钱，就足以改变他一家人的生活。可是，他仅卖了几十块钱，够买一只羊腿，只改善了一家人一天的生活。不过这已经让他非常满意了。

　　赚得最多的，要算最终拥有这些钱币的那个人。一枚钱经过无数人的手，价格肯定高得不能再高。他买回来，再往上标一个更高的价，摆在自己的珍藏柜里。他加的这部分或许已经超过所有经手者赚的钱数总和。这样的钱，不是孤品也是世存无几，定多高的价都由拥有者说了算。最好的绝品最后都是有价无市，不管有没有人要，能否卖出去，拥有者都会把他增加的那部分算进自己的利润财产中。这是真正的懂钱人，要的只是一个有无限扩张可能的钱数，而不是可以拿在手中的一沓纸币。到了这时，一枚古钱又跟它未出土时一样——深埋在一个人手里。

　　许多年前——二十世纪七八十年代，新疆红钱在东南亚、中国港台地区卖到天价时，在南疆库车这样的老城镇上，它们仅作为破铜烂铁被废品站收购，大部分被维吾尔族敲工当原料，烧熔敲打成铜勺、铜盆、铜壶。那些如今早已少见的和田马钱、骆驼钱，唐代库车制币局打造的元字钱、清代的突骑施钱……成批成批倒进炉中熔了，当人们知道它们的价值时，已经很难找到。十几年前还在孩子手中当玩具乱扔的古铜币，像一个季节的杏子一样，落得干干净净，说没有就没有了。

　　一段时间，挖寻古币似乎成了库车农民的一项工作。那些郊外种地的农民，翻地挖渠时都比以往更加仔细，眼睛盯着翻过去的每一块土。秋天收土豆和胡萝卜时，也比以前挖得更深，在没有果实的毛根下面，有时真的躺着一枚锈迹斑斑的古币，成了地里意外的收获，它的价钱，少则几元，多则几十元几百元。当然，他们不会卖到这么高。他们从不会知道一枚古钱的真正价值，值几百元几千元的一枚钱，在他们手里，卖几十元上百元就不错了，剩下的利润是倒卖者挣的。一块地若发现了古币，这块地就遭殃了，被人翻几遍，挖得大坑小坑，把深层的沙石都挖上来。有专门靠找古币谋生的人，腰系绳子，扛一把坎土曼，从一座古城走向另一座古城。这片大地上荒弃了多少座古城谁也说不清楚，有的留有残垣断壁，有的埋在黄沙白土中不为人知，一场一场的风掀动沙土，埋掉一些东西又显露一些东西。找钱币的人，等到大风过后踏上荒野，风吹开一枚古钱上的累累沙土，露出不认识的半圈文字，吹露一只土陶的鲜丽彩图。有时风在茫茫沙海中刮出一座古城的清晰轮廓，人们寻找多年，从史书中走失的一座城池，奇迹般地出现了，成堆成堆的财宝埋在沙子里，这只是一代又一代寻宝人的梦。每一个寻宝人都想通过散落的一枚钱，找到一个王国的金库。

听说会找钱币的人，夜晚躺在荒野上，耳朵贴地，能听见钱在地下走动、翻身的声音。在深厚的沙土里，一个碰响另一个，它们像两个寂寞的孩子相互逗趣。

懂钱的人，能够看出钱的寂寞。一块钱和一个亿，同样孤独。

人在钱上的良苦用心，并不能消解钱本身的孤独。一枚贫穷时代的钱、一枚强盛王朝的钱、一枚短命汗国的钱……一个个时代的钱最后全扔到土里，用过它们的手早已成灰，梦想它们的人依旧年轻。

钱会一枚枚被找到，埋藏再深的钱也会被找到。这座老城将越来越穷，它积攒几千年的钱，正被人倒腾光。不知道这些古钱当时买走了库车的什么东西。如今，它们成为最后的商品被卖掉。倒卖它们的两个古币商，却没有真正富裕。肉孜阿訇不断地把古币换成人民币，又用它买更多的古币，他家一间套一间的迷宫房子成了真正的古物仓库。

而小兰姑娘，一开始只想靠倒卖古币挣点钱，做着做着却喜欢上那些古钱币，每次都把差的卖掉，品相好的留在手里，她开始做很系统的收藏。十几年来她的收入几乎全投到买古币上，有时为买一枚稀有古币还向别人借钱。她由一个古币商贩变成真正的收藏者，她收藏的新疆红钱，据说是全国最多最全的。许多新疆古钱的珍品、孤品，据说都在她的收藏柜里，那些东西，已经成为她生命的一部分，再贵她都不会卖掉。

坎土曼的事情

去库车文物馆，想找一把出土的坎土曼，却没有。只有一把据说是汉代的镰刀，朽成好几截，看着比现在的镰刀小一些。怎么至今没出土一把坎土曼呢？在克孜尔壁画中绘有坎土曼和二牛抬杠铁犁，说明两千多年前，坎土曼已经在西域广泛使用了。据此推断克孜尔千佛洞那些佛窟应该是用坎土曼挖的，坎土曼非常适合挖洞窟。尤其高大的佛窟，人站在里面，挥动坎土曼很如意。后来，毁佛窟用的也是坎土曼，在克孜尔千佛洞壁画上，可以看到清晰的坎土曼挖痕。坎土曼适合挖佛头、毁佛身，可是，对付佛窟壁画，就显得无能为力，一坎土曼下去，只会在画上砍出一道印子。也许正是坎土曼这种工具保护了佛窟壁画。要是换成铁锨，顺着墙皮铲，早把壁画全铲光了。

这几年我一直在研究坎土曼，我认为坎土曼和铁锨原是一个东西。在我正创作的以龟兹为背景的长篇小说《凿空》中，对坎土曼和它所面对的世界有深入的书写。从直观上看，坎土曼和铁锨是截然不同的两种农具，但是，如果把铁锨的头向正面折九十度，就变成了坎土曼。或者把坎土曼的头扳直，就变成了铁锨。至于谁先谁后有待考证。或许是西域的坎土曼传到中原，被当地人扳直变成了铁锨。或者相反，中原的铁锨传到西域，被折弯变成坎土曼。

一种东西，只是把它的头扳了一下，转了个角度，变成两种劳动工具，从此就不一样了。两种工具造成了截然不同的两种劳动姿势，以及生活方向和态度。

我在库车见过挥坎土曼的维吾尔族人，把坎土曼举到天上，然后落到前面的地上，深挖入土，一拉一提，向后甩去，一大块土就飞到想去的地方。然后坎土曼顺着回势又朝天举起，举过头顶，眼看要落向身后，砸到脚后跟了，突然停住，沿来路急急奔回去，又一下挖入土里。使铁锨就没这么夸张了，铁锨让劳动变得柔和，不张扬。锨刃轻轻插在地上，脚一踩，入土，然后锨把向后一压，端起一锨土，扔到一个地方。入土深浅由干活的人自己决定，想省劲就入浅点，挖薄点，扔慢点。扎扎实实地干，就不用说了，这个谁都会。

如果汉族人和维吾尔族人同在一块地里劳动，就能看出两种工具的差别。挥坎土曼的维吾尔族人前进着干活，坎土曼挖的土朝后甩，干的活都在后面。拿铁锨的汉族人后退着干活，铁锨挖的土向前扔，干的活都摆在前面。挖坎土曼只是上身用劲，用胳膊和腰上的劲，动作大开大合。铁锨手脚并用，先用脚把锨刃踩进土中，再用杠杆原理把土撬起，这个过程中全身都用劲。铁锹的操作比坎土曼复杂。坎土曼仅用双手挥动朝后刨土，是一种相对原始的动作，有动物性特征。铁锹把土往前扔，大不一样。由此可见坎土曼这种工具更古老。但这并不能断定人类先发明了坎土曼，然后在漫长的使用过程中得到启示，把坎土曼的头扳直，变成了现在的铁锹。铁锹和坎土曼一样古老，是两种农耕思路下的齐头并进。但库车人为何把坎土曼这个古老工具坚守到今天，使用几千年，其间龟兹-库车人的信仰改变了几次，从最早的萨满教到佛教再到伊斯兰教，手里的坎土曼却一直没改变，修佛寺用它，毁佛寺用它，盖清真寺还用它。似乎信仰可以转移，但坎土曼不能丢掉。这使我对坎土曼这种工具敬仰不已。它不仅仅是一件简单的劳动工具了，几乎成为一个民族的象征。西部的汉族人也用坎土曼，但头是圆的。库车的坎土曼头是扁长的，刃部尖长，像维吾尔族人的下颌。那些坎土曼就是一个个维吾尔族人的脸谱。在铁匠铺里一把一把敲打出来的手工坎土曼，大的小的，一个个都打成了他们自己的样子，成为一种不能改变的脸谱记忆。我在和田玉店看到好多玉雕的毛主席像，粗看是毛主席，细看全是维吾尔族人的轮廓相貌。那是长得像维吾尔族人的毛主席。我相信这不是当地工匠有意识的创作，当他们怀着敬仰之心雕刻伟人时，内心不由自主浮现出的却是本民族人的脸谱记忆。就像他们把坎土曼打造得像自己一样。

我用过二十世纪六七十年代的铁锹，手工打制的，方头，像秦人的脸。后来用一种较轻便的圆头锨，像中原人的脸。再后来的铁锨全由工厂大批量生产，谁的脸都不像了。机器没有感情。不能像人，一锤一锤精心打造一件器具时，心灵深处的一些东西会被唤醒，会不由自主打造出一种内心图景来。

如今南疆的坎土曼依旧是铁匠铺手工打造的。几十年前，工厂生产的坎土曼也曾大批运到南疆，试图取代铁匠铺的手工坎土曼。可是，那些坎土曼没卖出几把，哪儿来的，回到哪儿去了。铁锨却完全变成了工业化产品。如今已经很难找到一把手工打制的方头铁锨了。

铁锨更像是一件兵器，《西游记》中沙和尚的铲，就是一把铁锨。猪八戒使的耙子把齿变成刃就是坎土曼。唐僧的原型玄奘到过龟兹，在昭怙厘大寺（现称苏巴什佛寺遗址）住了数月，他的两个虚构的徒弟——沙僧和八戒，分别操着铲和耙子这两个近似铁锨与坎土曼的工具。坎土曼以前叫砍头曼，也是兵器，后来把"头"换成"土"，还原成了地道的农具。不过，农民手里的铁东西，哪件不是兵器，坎土曼、镰刀、铁叉，连木棍都能打死人。农民很少用农具打人。在历史上，农民一次次地把兵器还原成农具，又一次次地被迫揭竿而起，把农具变成残酷的兵器。历代统治者安抚农民的方式大都是让农民手中的农具有活干，有事做，不能闲着。同样，我们现在面临的依旧是，如何让农民手中的铁锨和坎土曼有事情做。我在新长篇《凿空》中写到一个村长，为村民的生计四处奔走，到哪儿都是一句话：有坎土曼干的活吗？

库车有数十万把坎土曼,握在农民手里。我们不能让它们闲得生锈。坎土曼的活在哪里?

中原人为种地发明制造了数不清的手工农具。龟兹人只用两件农具:坎土曼和镰刀。前者种,后者收。两种都是手工打造的,镰刀像他们的浓黑眉毛,磨开的刃像他们的目光。坎土曼像他们的脸。龟兹-库车人用这两件工具面对世界。他们不改变。我们变来变去,最后被这些不变的东西吸引,来到它们身边,想问一句:你们为何不变?突然又有一个更大的疑问悬在头顶:我们为何改变?

逛巴扎

库车的万人巴扎许多年前便在全疆闻名。每逢周五，千万辆毛驴车从远近村镇拥向老城。田地里没人了，村子里空掉了，全库车的人和物产集中到老城街道上。街上盛不下，拥到河滩上。库车河水早被挤到河床边一条小渠沟里，人成了汹涌澎湃的潮水，每个巴扎日都把宽阔的河滩挤满。

库车四万头毛驴，有三万头在老城巴扎上，一万头奔走在赶向巴扎的路上。一辆驴车就是一个家、一个货摊子。男人坐在辕上赶车，女人、孩子、货物，全在车厢上。车挨车、车挤车，驴头碰驴头，买卖都在车上做。

库车每周有七个大巴扎。周五老城巴扎，周六东河塘巴扎，周日牙哈镇巴扎，周一玉奇吾斯塘巴扎，周二阿拉哈格巴扎，周三齐满镇巴扎，周四哈尼喀塔木巴扎，周五又转回老城。

库车的物产，多半就装在那些毛驴车上，不停地在全县转。

从一个乡到另一个乡,从一个巴扎到另一个巴扎,把驴蹄子都跑短了。

一筐半生西红柿,转遍七个巴扎回来,就彻底红透了。价格却由原先每斤一块掉到七毛。

半麻袋黄瓜,转上三个巴扎卖不完,剩下的只能喂驴了。

熟透的杏子,一两个巴扎卖不出去,就全烂在筐里。一大早摘的无花果,卖到中午便不能看了。越鲜美的东西就越难留住。

最经卖的是那些干货:葡萄干、杏干、无花果干,还有麦子、苞米、枣、巴旦木。能从一个巴扎到另一个巴扎,无限期地卖下去。今年的新杏干已经上货,去年前年的旧杏干,还剩在谁手里,摊开,收起,再摊开。

在老城的贫穷日子里,总有一些食物富余到来年卖不出去。想吃它们的人没钱,把一口食欲压抑到明年。有钱的人早吃够了。去年冬天,谁的嘴里没嚼上一口酸甜杏干,今年夏天他是不是补上了。

那些各种各样的干果,在轮回的转卖中,在库车特有的烈日和尘土下,渐渐有了一种古旧的色泽,更耐看了。只是,它们的甜不知还在不在里面。一年年的尘土落在上面,却看不见。仿佛那些尘土被它们吸收,成了它们的一部分。在老城那些世代相传的买卖人手里,有没有半筐一千年前的杏干,一直卖到今天。

我有幸一次次地走进老城巴扎。我不买什么东西,也没啥要卖的。我和那些喜欢逛巴扎的维吾尔族人一样,只是逛一种闲情。看哪儿人多,热闹,就凑过去。

并不是每个人上巴扎都做生意。

每个巴扎都是一个盛大节日。

女人在巴扎上主要为了展示自己的服饰和美丽,买东西只是个小小的借口。女人买东西,一个摊位一个摊位地挑,从街这头到那头,穿过整个巴扎,再转回来,手里才拿着一点点东西。

年轻小伙上巴扎主要看漂亮女人。

没事干的男人,希望在巴扎上碰到一个熟人,握握手,停下来聊半天。再往前走,又遇到一个熟人,再聊半天,一天就过去了。聊高兴时说不定被拉到酒馆里,吃喝一顿。

我到巴扎上什么都看,什么声音都听,遇到新鲜事情就蹲下来仔细打问。我觉得,我比那些在巴扎上收税的戴大盖帽的税务员更了解这些做小买卖的。一次,我看见几个税务员,从一个卖奥斯曼草的妇女手里,收了三块钱的工商税。最后,那个妇女收拾起卖剩的几小束奥斯曼草,哭着回家去了。

我不知道那个妇女的家庭,不知道那三块钱对她意味着什么。但我清楚,那些卖奥斯曼草的妇女,一天都挣不了三块钱。

当然,巴扎上更多的是热闹,是有意思的事情,我随便写了几件,有兴趣你就看看。就像公驴上巴扎主要不是为拉车而是为了看年轻母驴,谁在巴扎上都有自己的兴趣,别人并不十分清楚。

最小的生意

早晨,我走过沙依巴克街时,看见一个维吾尔族妇女,面前摆着几小把奥斯曼草在卖,几个年轻女人围着挑选,已经卖出去一把,收回来五毛钱。我数了数,她总共有七小把奥斯曼草,全卖完能收入三块五毛钱,其中的本钱是多少我就不知道了,这些奥斯曼草或许是她自己种的,或许是两三毛钱一把从别处批发的,守一天卖掉,挣一块多钱。

这还不是最小的生意。离她不远,另一个妇女,面前摆着拇指粗细的七八把香菜,一把卖两毛钱,菜叶上洒了水,绿莹莹的。看装束是城里妇女,或许从赶集的农民那里,四毛钱买来一把香菜,再分成更小的七八把,摆在街上卖。

下午我转过来时,见她面前还摆着两小把香菜,叶子已经蔫了,看样子卖不掉了。街上人已经不多,她挪动着身子,像有收拾回家的意思,又抱着一点点希望,等着朝这边走来的几个人。

我大概算了算,她这笔买卖,除掉本钱,最多挣八毛钱,还赚了两小把香菜,够晚上做羊肉揪片子用了。可是,她家里有羊肉吗?

还有一个卖针线的小女孩,几十根不同大小的针,插在一顶小花帽上,每根针上穿一截不同颜色的线。一根针卖几分钱,一根一根地卖。

我离开巴扎时,看见那个抱了一只歪葫芦,卖一天没卖掉的老汉还坐在墙根下。他看上去表情安静,目光平和地望着街上渐渐散去的人,又像望着更远处我不知道的什么地方。他的歪葫芦在夕阳下发着红色艾德莱斯绸的光泽。我知道这种老式葫芦,已经很少见了,知道它香甜味道的人也可能不多了。

明天后天,这只葫芦和这个老汉,还会出现在周边乡镇的巴扎上。下一个周五,说不定他又转回来,坐在这个墙根下,还抱着那只歪葫芦。

我没上前去问那只葫芦的价格。我知道不会太贵,三块两块,就买来了。或许多少钱他都不卖呢。

老式瓜菜

在沙依巴克街的瓜菜市场上,老式的西红柿、甜瓜、土毛桃,矮小的芹菜、萝卜,一筐一筐摆在那里。几十年前我们吃过的那些未经"改良"的瓜菜,几乎都能在这里找到。我看到一个农民,筐里放着几个又小又难看的甜瓜。我觉得眼熟,问名字,"克克奇"。我小时自家的菜园里就种过这种叫克克奇的小甜瓜,秧扯得不长,瓜也小小的,一棵秧上结三四个。奇甜,还有一种很浓郁的特殊香味。

那时候，在一些人家的小菜园里，总有几样别人家没有的稀罕瓜菜。都是些老品种，靠主人一年年地传种下来。我们家的克克奇，就是母亲每年拣最甜最饱满的瓜留下种子，在窗台上晾干，来年再种的，可是后来就再见不到了。我们都不知道是哪一年忘记种了。那种特殊的香甜味从我们的生活中消失的时候，竟都没有被察觉。

库车这块土地上是否还遗留着一座人类古老的菜园子，我们喜爱的那些在别处早已绝迹的老式瓜果蔬菜全长在那里。

但我知道，那些珍贵的种子，只保存在个别农人手里。他们喜爱那些土瓜果，每年在自家菜园种几棵，产量不高，果实也不大，卖不了几个钱。只是自己喜欢那种味道，就一年年地种了下来。如果有一年他们忘记种了，或者，他们仅有的几颗种子叫老鼠偷吃了，一种作物便会从这片土地上消失。

我们培育改良的又大又好看的瓜果长满大地。它们高产，生长期短，适合卖钱，却不适合人吃，它们把人最喜爱的那些味道弄丢了。改良的结果是，人最终会厌恶土地，它再也长不出人爱吃的东西。

事实就是这样，我们改良成功一种物种，老品种便消失了。没有谁负责为那些老品种留下样种，到最后，我们都不知道人类最初吃的是什么样的东西。

如果改良错了，路走绝了，我们从哪里重新开始。

当年政府用高大的关中驴改良库车小毛驴时,就是因为有许多驴户抵制,许多母驴自发反抗,跑到庄稼地和草湖躲藏起来,才会有可爱的库车毛驴保留到今天。

但作物不会躲藏,它们只有消失,永远消失。

坎土曼的卖法

那些摆在街边待卖的坎土曼,就像维吾尔族人的脸,刃部跟他们的下巴一样尖长。每一只一个样子,整整齐齐摆着。这只被买走了,那只依旧静静待着。它们似乎早就知道自己最终在哪块地里挖卷刃子,所以一点不着急。

卖坎土曼的老人也早知道了自己的命运,他更不着急,坐在摆放整齐的坎土曼后面,双眼微眯。他不吆喝,也不还价。大坎土曼十八块,小的十五块,就这个价钱这个货,没啥好商量的。卖掉一只算一只,卖不掉的,傍晚收回家去,第二天又摆在这块地方。他从不挪窝,错过的人有的是时间再回头。钱不够的人,也有足够的时间去把钱凑够。他唯一要做的事就是等。等到坎土曼生锈,落满沙土。等到那些挑剔的人,转遍全库车的铁器摊铺再回来。等到库车河边的引水大渠被泥沙淤死,要新开一条百里长渠了,全县一半劳力投入挖渠,坎土曼又一次派上大用场,供不应求。

他的坎土曼按大、中、小三排,在地上摆成整齐的梯形,卖掉一只,他会从铁匠铺进一只补上,卖得再多,梯形也不会残缺。这是他的牌子,几十年不变。那些低头转街的人,只要路过这儿,看见坎土曼摆成的梯形,就知道是他的摊子,价格、货都不用问,想买的挑选一只,钱一付就走,不会有任何变动。

那些卖坎土曼的,没有招牌,没有铺子,就街边一小块空地,东西就地一摆,每个人都摆卖出一种样子,绝不会有重复。

你看那个大热天戴皮帽子的老汉,他的坎土曼沿街边摆成一长溜子,从小往大排过去,他蹲在尽头,像一只最大号的坎土曼。买货的人从那头挑选过来,好一阵才能走到这头。

那个光头巴朗的坎土曼,一只一只插在地上,好像每一只都正在挖土,远远看去有上百只坎土曼在挖那块地。

而另一个白胡子老汉的坎土曼,也是立在地上卖,却全部刃口向上,仿佛干完了活,全都白刃朝天晒太阳呢。

还有的坎土曼挂在墙上卖,像一张张维吾尔族人的铁青脸谱。

只要这条街道不变,卖坎土曼的人的摊位就不变,每个摊子上坎土曼的摆法更不会变。一个一个巴扎,一年又一年地摆卖下去,就成了这条老街上的名牌摊铺,全库车人都会知道。远在塔里木河边草湖乡的农民,活干累了靠在埂子上,边抽莫合烟边摆弄自己的坎土曼:"我这把嘛,是在老城'一长溜子'上买的,快得很,一点点泥巴都不沾。""我的坎土曼嘛,"另一个说,"是在

'梯形'那里买的,钢硬得很,挖柴火时当镢头一样用,从来不卷刃子。"

能变成钱的东西

各种各样的吃食,冒着香味等候那些嘴和肚子。有钱人吃抓饭、拌面、缸缸肉,没钱人吃馕、羊杂碎。在以抓饭闻名的乌恰市场,我看见几个妇女卖煮熟的土豆,两毛钱一个,四毛钱六毛钱就吃饱肚子——老城的穷人给乡下来的更穷的人们备下简单实在的廉价食物。

赶一天巴扎不能空着手空着肚子回去。

有数的两筐杏子,一麻袋青菜,价格卖好了能吃一盘素抓饭、两个烤包子,卖不好就只有啃自带的干馕子。收成是可以想到的,一年里只有几样东西能变成钱:不多的几棵树上的杏子、一小畦没种好的辣子和西红柿。地里的麦子刚够自己吃,埂子上的几行苞谷,早掰掉煮青棒子吃了。屋后的白杨,长粗还得几年。几只土鸡的蛋,一个个收起来,够不够换茶叶和盐。儿子眼看就长大了,要盖房子娶媳妇。对于大多数人,永远不会有意外的收入。只有可以想到的一些损失:那些杏树中的一两棵,杏花被大风吹远,白长一年。不坐果的杏树,密密麻麻长满叶子,遮阳光、挡风雨,秋天落下来,喂羊喂驴。还有那几亩麦子,种不好一半是草,种再好也不会有富余的粮食,总要损一些养活鸟和老鼠,这些都在意料之中。一年一年，几袋麦子一两只羊，陪伴一家人的日子。父亲老掉了，儿女莫名其妙长大，不会有更多的快乐幸福，但也不会再少。县上的统计报表中，有这些贫困村庄的人均收入，少得不能再少。有没有一份报表，统计这些人的笑声。他们一年能笑多少回，今年和去年的笑声是否一样多，哪一年人们的笑声减少了。有没有人去问问那些忧郁沉默的人，你怎么不笑，怎么好长时间听不见你的笑声了。有没有人去问那些快乐欢笑的人，你高兴什么呢，有什么高兴事让你一年四季笑个不停。

托包克游戏

吐尼亚孜给我讲过一种他年轻时玩的游戏——托包克。游戏流传久远而广泛，不但青年人玩，中年人、老年人也在玩。因为游戏的期限短则二三年，长则几十年，一旦玩起来，就无法再停住。有人一辈子被一场游戏追逐，到老都不能脱身。

托包克游戏的道具是羊腿关节处的一块骨头，叫羊髀矢，像色子一样有六个不同的面，常见的玩法是打髀矢，两人、多人都可玩。两人玩时，你把髀矢立在地上，我抛髀矢去打，打出去三脚远，这块髀矢便归我。打不上或没打出三脚，我就把髀矢立在地上让你打，轮回往复。从童年到青年，几乎每个人都有过一书包各式各样的羊髀矢，染成红色或蓝色的，刻上字。到后来又输得精光，或丢得一个不剩。

另一种玩法跟掷色子差不多。一个或几个髀矢同时撒出去，看落地的面和组合，髀矢主要的四个面分为窝窝、背背、香九、臭九，组合好的一方赢。早先好赌的人牵着羊去赌髀矢，围一圈人，每人手里牵着根绳子，羊跟在屁股后面，也伸进头去看。几块羊腿上的骨头，在场子里抛来滚去，一会儿工夫，有人输了，手里的羊成了别人的。

托包克的玩法就像打髀矢的某个瞬间被无限延长、放慢，一块抛出去的羊髀矢，在时间岁月中飞行，一会儿窝窝背背，一会儿臭九香九，那些变幻人很难看清。

吐尼亚孜说他玩托包克，输掉了五十多只羊。吐尼亚孜是库车城里有点名气的铜匠兼木卡姆歌手，常受邀演出木卡姆，也接触过上层社会里一些有脑子的人。他的托包克游戏，便是跟一个有脑子的人一起玩的。在他们约定的四十年时间里，那个跟他玩托包克的人，只给了他一小块羊骨头，便从他手里牵走了五十多只羊。

真是小心翼翼、紧张却有趣的四十年。一块别人的羊髀矢，藏在自己腰包里，要藏好了，不能丢失，不能放到别处。给你髀矢的人一直暗暗盯着你，稍一疏忽，那个人就会突然站在你面前，伸出手：拿出我的羊髀矢。你若拿不出来，你的一只羊就成了他的。若从身上摸出来，你就赢他的一只羊。

托包克的玩法其实就这样简单。一般两个人玩，请一个证人，商量好，我的一块羊髀矢，刻上记号交给你。在约定的时间内，我什么时候要，你都得赶快从身上拿出来，拿不出来，你就输，拿出来，我就输。

关键是游戏的时间。有的定两三年，有的定一二十年，还有定五六十年的。在这段漫长的相当于一个人半生甚至一生的时间里，托包克游戏可以没完没了地玩下去。

吐尼亚孜说他遇到真正玩托包克的高手了，要不输不了这么多。

第一只羊是他们定好协议的第三天输掉的，他下到库车河洗澡，那个人游到河中间，伸出手要他的羊髀矢。

输第二只羊是他去草湖割苇子时。那时他已有了经验，在髀矢上系根皮条，拴在脚脖上。一来迷惑对方，使他看不见髀矢时，贸然地伸手来要；二来下河游泳也不会离身。去草湖割苇子要四五天，吐尼亚孜担心髀矢丢掉，便解下来放在房子里，天没亮就赶着驴车去草湖了。回来的时候，他计算好到天黑再进城，应该没有问题。可是，第三天中午，那个人骑着毛驴，在一人多深的苇丛里找到了他，问他要那块羊髀矢。

第三只羊咋输的他已记不清了。输了几只之后，他就想方设法要赢回来，故意露些破绽，让对方上当。他也赢过那人两只羊，当那人伸手时，他很快拿出了羊髀矢。可是，随着时间推移，吐尼亚孜从青年步入中年。有时他想停止这个游戏，又心疼输掉的那些羊，老想着扳本。况且，没有对方的同意，你根本就无法擅自终止，除非你再拿出几只羊来，承认你输了。有时吐尼亚孜也不再把年轻时随便玩的这场游戏当回事了，甚至有一段时间，那块羊髀矢放哪儿了他都想不起来。结果，在连续输掉几只肥羊后，他又在家里的某角落找到了那块羊髀矢，并且钻了个孔，用一根细铁链牢牢拴在裤腰带上。吐尼亚孜从那时才清楚地认识到，那个人可是认认真真在跟他玩托包克。尽管两个人的青年时代已过去，中年时代又快过去，那个人可从没半点跟他开玩笑的意思。

有一段时间，那个人好像装得不当回事了。见了吐尼亚孜再不提托包克的事，有意把话扯得很远，似乎他已忘了曾经给过吐尼亚孜一块羊髀矢。吐尼亚孜知道那人又在耍诡计，麻痹自己。他也将计就计，将髀矢藏在身上的隐秘处，见了那人若无其事。有时还故意装出心虚紧张的样子，就等那人伸出手来，向他要羊髀矢。

那人似乎真的遗忘了，一年，两年，三年过去了，都没向他提过羊髀矢的事，吐尼亚孜都有点绝望了。要是那人一直沉默下去，他输掉的几十只羊，就再没机会赢回来了。

那时库车城里已不太兴托包克游戏。不知道小一辈人在玩什么，他们手上很少看见羊髀矢，宰羊时也不见有人围着抢要那块骨头，它和羊的其他骨头一样被随手扔到该扔的地方。扑克牌和汉族人的麻将成了一些人的热手玩具，打拖拉机、跑得快、诈金花，看不吃自摸和。托包克成了一种不登场面的隐秘游戏。只有在已成年或正老去的一两代人中，这种古老的玩法还在继续。磨得发亮的羊髀矢在一些人身上隐藏不露。在更偏远的农牧区，靠近塔里木河边的那些小村落里，还有一些孩子在玩这种游戏，一玩一辈子，那种快乐和担惊受怕我们无法体会。

随着年老体弱，吐尼亚孜的生活越来越不好过，儿子长大了，没地方去挣钱，还跟没长大一样需要他养活。而他自己，除了偶尔被人请去唱一场木卡姆，给个小红包，再就是花一周时间打一只铜壶，卖几十块钱，也再没挣钱的地方了。

这时他就常想起输掉的那几十只羊，要是不输掉，养到现在，也一大群了。想起跟他玩托包克的那个人，因为赢去的那些羊，他已经过上好日子，整天穿戴整齐，出入上层场所，很少走进这些老街区，来看以前的朋友了。

有时吐尼亚孜真想去找到那个人，向他说，"求求你了，快向我要你的羊髀矢吧"，但又觉得不合时宜。人家也许真的把这个早年游戏忘记了，而吐尼亚孜又不舍得丢掉那块羊髀矢，他总幻想着那人还会向他伸出手来。

吐尼亚孜和那个人长达四十年的托包克游戏，在一年前的秋天终于到期了。那个人带着他们当时的证人——一个已经胡子花白的老汉来到他家里，那是他们少年时的同伴，为他们做证时还是嘴上没毛，十六七岁的小伙子。三个人回忆了一番往事，证人说了几句公证话，这场游戏嘛，就算吐尼亚孜输了。不过，玩嘛，不要当回事，想再玩还可以定规矩重新开始。

吐尼亚孜也觉得无所谓了。玩嘛，什么东西玩几十年也要花些钱，没有白玩的事情。那人要回自己的羊髀矢，吐尼亚孜从腰带上解下来，那块羊髀矢已经被他玩磨得像玉石一样有光泽。他都有点舍不得给他，但还是给了。那人请他们吃了一顿抓饭烤包子，算是对这场游戏圆满结束的庆祝。

为啥没说出这个人的名字，吐尼亚孜说，他考虑到这个人就在老城里，年轻时很穷，现在是个有头面的人物，光羊就有几百只，雇人在塔里木河边的草湖放牧。而且，他还在玩着托包克游戏，同时跟好几个人玩。在他童年结束，刚进入青年那会儿，他将五六块刻有自己名字的羊髀矢，给了城里的五六个人，他同时还接收了别人的两块羊髀矢。游戏的时间有长有短，最长的定了六十年，到现在才玩到一半。对于那个人，吐尼亚孜说，每块羊髀矢都是他放出去的一群羊，它们迟早会全归到自己的羊圈里。

在这座老城，某个人和某个人，还在玩着这种漫长古老的游戏，别的人并不知道。他们衣裤的小口袋里，藏着一块有年有月的羊髀矢。他们在年轻不太懂事的年龄，凭着一时半会儿的冲动，随便捡一块羊髀矢，刻上名字，就交给了别人；或者不当回事地接收了别人的一块羊髀矢，一场游戏便开始了，谁都不知道游戏会玩到什么程度。青年结束了，游戏还在继续。中年结束了，游戏还在继续。

生活把一同长大的人们分开,他们各奔东西,做着完全不同的事。一些早年的伙伴,早忘了名字相貌。青年过去,中年过去,生活被一段一段地埋在遗忘里。直到有一天,一个人从远处回来,找到你,要一块刻有他名字的羊髀矢,你怎么也想不起来,他提到的证人几年前便已去世。他说的几十年前那个秋天,你们在大桑树下的约定仿佛是一件跟自己毫无关系的事。你在记忆中找不到那个秋天,找不到那棵大桑树,也找不到眼前这个人的影子,你对他提出的给一只羊的事更是坚决不答应。那个人只好起身走了,离开前给你留了一句话:"哎,朋友,你是个赖皮,亲口说过的事情都不承认。"

你的自尊心受到了伤害。白天心神不宁,晚上睡不着觉,整夜整夜地回忆往事。过去的岁月多么辽阔啊,你差不多把一生都过掉了,它们埋在黑暗中,你很少走回来看看。你带走太阳,让自己的过去陷入黑暗,好在回忆能将这一切照亮。你一步步返回的时候,那里的生活一片片地复活了。终于,有一个时刻,你看见那棵大桑树,看见你们三个人,十几岁的样子,看见一块羊髀矢,被你接在手里。一切都清清楚楚了。你为自己的遗忘感到羞愧,无脸见人。

第二天,你早早地起来,牵一只羊,给那个人送过去。可是,那人已经走了。他生活在他乡远地,他对库车的全部怀念和记忆,或许都系在一块童年的羊髀矢上,你把他一生的念想全丢掉了。

还有什么被遗忘在成长中了,在我们不断扔掉的那些东西上,带着谁的念想和比一只羊更贵重的誓言承诺。生活太漫长,托包克游戏在考验着人们日渐衰退的记忆力。现在,这种游戏本身也快被人遗忘了。

龟兹驴志

库车四十万人口，四万头驴。每辆驴车载十人，四万驴车一次拉走全县人，这对驴车来说不算太超重。民国三十三年（一九四四年）全县人口十万，驴两万五千头，平均四人一驴。在克孜尔石窟壁画中有商旅负贩图，画有一人一驴，驴背驮载着丝绸之类的货物，这幅一千多年前的壁画是否在说明那时的人驴比例：一人一驴。

文献记载，公元三世纪，库车驴已作为运输工具奔走在古丝绸道上。库车驴最远走到了哪里谁也说不清楚。解放初期，解放军调集南疆数十万头毛驴，负粮载物紧急援藏，大部分是和田喀什驴，库车毛驴征去多少无从查实。数十万头驴几乎全部冻死在翻越莽莽昆仑的冰天雪地。库车驴的另一次灾难在二十世纪五六十年代，当时政府嫌库车驴矮小，引进关中驴交配改良。结果，改良后的驴徒有高大躯体，却不能适应南疆干旱炎热的气候，更不能适应库车田野的粗杂草料，改良因此中止。库车驴这个古老品种有幸保留下来。

在库车数千年历史中，曾有好几种动物与驴争宠。马、牛、骆驼，都曾被人重用，而最终毛驴站稳了脚跟。其他动物几乎只剩下名字，连蹄印都难以找到了。这是人的选择，还是毛驴的智谋？

《大唐西域记》记载，库车城北山中有大龙池，池中的龙善于变化，常变成马，"交合牝马，遂生龙驹，慓戾难驭"，所以龟兹以盛产骏马闻名西域。那时当是马的世界，骆驼亦显赫其中。毛驴躲在阴暗角落，默默无闻，等待出头之日。龟兹城中无水井，妇女们要到龙池边汲水，那条交合过牝马的龙又变成男人，与女人交合。结果生出的全是龙种，能像马一样跑得飞快，个个恃武好强，不受国王管束。国王无奈，只好"引构突厥，杀此城人"，龙驹也受牵连，剥皮宰肉，剩下乖巧听话的小黑毛驴。这条好色之龙，又幻化成驴形，与母驴交合，公驴不愿意，遂四处鸣叫，召集千万头，屁股对着龙池放草屁。池水被熏臭，龙招架不住，沉入池底，千余年未露头。驴的贞操被保住，其乖巧天性得以代代相传。

如今的库车已是全疆有名的毛驴大县。每逢巴扎日，千万辆驴车拥街挤巷，前后不见首尾，没有哪种牲畜在人世间活出这般壮景。羊跟人进了城便变成肉和皮子；牛牵到巴扎上也是被宰卖的；鸡、鸽子，大都有去无回。只有驴，跟人一起上街，又一起回到家。虽然也有驴市买卖，但也只是换个主人。维吾尔族人禁吃驴肉，也不用驴皮做皮具，驴可以放心大胆活到老。驴越老，就越能体会到自己比其他动物活得都好。

库车看上去就像一辆大驴车，被千万头毛驴拉着。除了毛驴，似乎没有哪种机器可以拉动这辆千年老车。

在热斯坦街紧靠麻扎的一间小铁匠房里，九十五岁的老铁匠尕依提，打了七十多年的驴掌，多少代驴在他的锤声里老死。尕依提的眼睛好多年前就花了，他戴一副几乎不透光的厚黑墨镜，闭着眼也能把驴掌打好，在驴背上摸一把，便知道这头驴长什么样的蹄子，用多大号的掌。

他的两个儿子在隔壁一间大铁匠房里打驴掌，兄弟二人又雇了两个帮工的，一天到晚生意不断。大儿子一结婚便跟父亲分了家，接着二儿子学成手艺单干，剩老父亲一人在那间低暗的小作坊里摸黑打铁。只有他们俩知道，父亲的眼睛早看不见东西了，当他戴着厚黑墨镜给那些老顾客的毛驴钉掌时，他们几乎看不出尕依提的眼睛瞎了。两个儿子也从没把这件事告诉任何人，让人知道了，老父亲就没生意了。

尕依提对毛驴的了解，已经达到了多么深奥的程度，他让我这个自以为"通驴性的人"望尘莫及。他见过的驴，比我见过的人还多呢。

早年，库车老城街巷全是土路时，一副驴掌能用两三个月，跟人穿破一双布鞋的时间差不多。现在街道上铺了石子和柏油，一副驴掌顶多用二十天便磨坏了。养驴的费用猛增了许多。钉副驴掌七八块钱，马掌十二块钱。驴车拉一个人挣五毛，拉十五个人，驴才勉强把自己的掌钱挣回来。还有草料钱、套具钱，这些挣够了才是赶驴车人的饭钱。可能毛驴早就知道，它辛辛苦苦也是在给自己挣钱。赶车人只挣了个赶车钱，车的本钱还不知道找谁算呢。

尤其老城里的驴车户，草料都得买，一公斤苞谷八毛钱，贵的时候一块多。湿草一车十几块，干草一车二三十块。苜蓿要贵一些，论捆子卖。不知道驴会不会算账。赶驴车的人得掰着指头算清楚，今年挣了多少，花了多少。老城大桥下的宽阔河滩是每个巴扎日的柴草集市，上千辆驴车摆在库车河道里。有卖干梭梭柴的，有卖筐和芨芨草扫帚的，再就是卖草料的。买方卖方都赶着驴车，有时一辆车上的东西跑到另一辆车上，买卖就算做成了。空车来的实车回去。也有卖不掉的，一车湿草晒一天变成蔫草，又拉回去。

驴跟着人屁股在集市上转，驴看上的好草人不一定会买，驴在草市上主要看驴。上个巴扎日看见的那头白肚皮母驴，今天怎么没来，可能在大桥那边，堆着大堆筐子的地方。驴忍不住昂叫一声，那头母驴听见了，就会应答。有时一头驴一叫，满河滩的驴全起哄乱叫，那阵势可就大了，人的啥声音都听不见了，耳朵里全是驴声，吵得买卖都谈不成。人只好各管各的牲口，驴嘴上敲一棒，瞪驴一眼，驴就住嘴了。驴眼睛是所有动物中最色的，驴一年四季都发情。人骂好色男人跟毛驴子一样。驴性情活泛，跟人一样,是懂得享乐的好动物。

驴在集市上看见人和人讨价还价,自己跟别的驴交头接耳。拉了一年车,驴在心里大概也会清楚人挣了多少,会花多少给自己买草料,花多少给老婆孩子买衣服吃食。人有时自己花超了,钱不够了,会拍拍驴背:"哎,阿达西(朋友),钱没有了,苜蓿嘛,就算了,拉一车干麦草回去过日子吧。"驴看见人转了一天,也没吃上抓饭、拌面,只啃了一块干馕,也就不计较什么了。

毛驴从一岁多就开始干活,一直干到老死,毛驴从不会像人一样老到卧榻不起要别人照顾。驴老得不行时,眼皮会耷拉下来,没力气看东西了,却还能挪动蹄子,拉小半车东西,跑不快,像瞌睡了。走路迟迟缓缓,还摇晃着,人也再不催赶它,由着驴性子走,走到实在走不动,驴便一下卧倒在地,像一架草棚塌了似的。驴一卧倒,便再起不来,顶多一两天,就断气了。

驴的尸体被人拉去埋了,埋在庄稼地或果树下面,这片庄稼或这棵果树便长势非凡,一头驴在下面使劲呢。尽管驴没有坟墓,但人在好多年后都会记得这块地下埋了一头驴。

四万头毛驴,四万辆驴车的库车,几乎每条街每个巷子都有钉驴掌的铁匠铺。做驴拥子、套具的皮匠铺在巷子深处。皮匠活臭,尤其熟皮子时气味更难闻,要躲开街市。牛皮套具依旧是库车车户的抢手货,价格比胶皮腈纶套具都贵。尽管后者好看,也同样结实。一条纯牛皮襻二十块二十五块钱。胶皮车襻顶多卖十五块。

在老城，传统的手工制品仍享有很高地位。工厂制造的不锈钢饭勺，三块钱一把，老城人还是喜欢买五六块钱一把的铜饭勺。这些手工制品，又厚又笨，却经久耐用。维吾尔族人对铜有特别的喜好，他们信赖铜这种金属。手工打制的铜壶，八十元一百元一只，比铝制壶贵多了，他们仍喜欢买。尽管工厂制造的肥皂换了无数代，库车老城的自制土肥皂，扁圆的一坨，三块钱一块，满街堆卖的都是。让它们退出街市，还要多少年工夫，可能多久也不会退出，就像他们用惯的小黑毛驴。即使整个世界的交通工具都用四个轮子驱动了，他们仍会用这种四只小蹄的可爱动物。

在新疆，哈萨克族人选择了马，汉族人选择了牛，而维吾尔族人选择了驴。一个民族的个性与命运，或许跟他们选择的动物有直接关系。

如果不为了奔跑速度，不为征战、耕耘、负重，仅作为生活帮手，库车小毛驴或许是最适合的，它体格小，前腿腾空立起来比人高不了多少，对人没有压力。常见一些高大男人，骑一头比自己还小的黑毛驴，嘚嘚嘚从一个巷子出来，驴屁股上还搭着两褡裢货物，真替驴的小腰身担忧，驴却一副无所谓的样子。骑一辈子驴也不会成罗圈腿，它的小腰身夹在人的两腿间大小正合适。不像马，骑着舒服，跑起来也快，但骑久了人的双腿就顺着马肚子长成括弧形了。

库车驴最好养活，能跟穷人一起过日子。一把粗杂饲草喂饱肚子,极少生病,跟沙漠里的梭梭柴一样耐干旱。

在南疆,常见一人一驴车,行走在茫茫沙漠戈壁。前后不见村子,一条模糊的沙石小路,撇开柏油大道,径直地伸向荒漠深处。不知那里面有啥好去处,有什么好东西吸引驴和人,走那么远的荒凉路。有时碰见他们从沙漠出来,依旧一人一驴车,车上放几根梭梭柴和半麻袋疙疙瘩瘩的什么东西。

一走进村子便是驴的世界,家家有驴。每棵树下都拴着驴,每条路上都有驴的身影和踪迹。尤其一早一晚,下地收工的驴车一长串,前吃后喝,你追我赶,一道人驴共世的美好景观。

相比之下,北疆的驴便孤单了。一个村子顶多几头驴,各干各的活,很难遇到一起撒欢。发情季节要奔过田野荒滩,到别的村子找配偶,往往几个季节轮空。在北疆的乡村路上很难遇见驴,偶尔遇见一头,神色忧郁,垂头丧气的样子,眼睛中满是末世忧患,似乎驴心头上的事,比肩背上的要沉多少倍。

库车小毛驴保留着驴的古老天性,它们看上去是快乐的。撒欢,尥蹶子,无所顾忌地鸣叫,人驴已经默契到好友同伴的地步。幽默的库车人给他们朝夕相处的小毛驴总结了五个好处。

(一)不用花钱。

(二)嘴严。跟它一起干了啥事它都不说出去。

(三)没有传染病。

(四)干多久活它都没意见。

(五)你干累了它还把你驮回家去。

在库车两千多年的人类历史中,小黑毛驴驮过佛经,驮过《古兰经》。我们不知道驴最终会信仰什么。骑在毛驴背上的库车人,自公元三世纪前后信仰佛教,广建佛寺,遍凿佛窟。当时龟兹国三万人口,竟有五千佛僧,佛塔庙千所,乃丝绸北道有名的佛教中心。葱岭以东的王族妇女都远道至龟兹的尼寺内修行。毛驴是那时的重要交通工具,驮佛经又驮佛僧,还驮远远近近的拜佛人。相传高僧鸠摩罗什常骑一头脚心长白毛的小黑毛驴,手捧佛经,往来于西域各国。驴的悠长鸣叫跟诵经声很接近,不知谁受了谁的影响。无论佛寺的诵唱,还是清真寺的喊唤,都接近这种生命的叫声。这种声音神秘而神圣,能让人亢奋,肃然回首,能将散乱的人群召唤到一处。在西域历史上,佛教与伊斯兰教,制造了两次生命与精神的大集合。过了一千多年,曾经笃信佛教的库车人改信伊斯兰教。杀佛僧,毁佛庙,建清真寺,毛驴依旧是主要的交通工具。常见阿訇手捧《古兰经》,骑一头小黑毛驴,往返于清真寺之间,样子跟当年的鸠摩罗什没啥区别。那头小黑毛驴没变,驴上的人没变,只是手里的经变了。不知毛驴懂不懂得这些人世变故。

无论是佛寺还是清真寺,都在召唤人们到一个神圣去处,不管这个去处在哪儿,人需要这种召唤。散乱的人群需要一个共同的心灵居所,无论是上天的神圣呼唤,还是一头小黑毛驴的天真鸣叫,人听到了,都会前往,全身心地奔赴。

无法说出

对于自己并不熟悉的库车老城,我写了七八万字。之所以敢贸然地写,是因为这里原本就有我熟悉的许多东西:陈旧土墙的气息,我吃惯并喜爱的馕、抓饭,我认识的各种树木,能一一叫上名字的鸟,以及沿街摆卖的早年我使用过的手工镰刀、坎土曼。还有,跟我的黄沙梁一样缓慢、古老的生活。

唯一感到陌生的,是这里的人。我不懂维吾尔语,即使我懂维吾尔语,像在南疆工作生活的一些汉族人一样,用流利的维吾尔语和他们说话,我仍旧不能更深地接近他们。

我知道他们的抓饭、烤羊肉好吃,却不知道他们生活的艰辛和痛苦。

我热爱激昂的纳格拉鼓声,喜欢都塔尔的弹唱和杏园葡萄架下气氛热烈的麦西来普歌舞,我只是站在一旁,孤单地被它们感动——那些如痴如醉的快乐不是我的,我走不进去。

一千年前，一个中原汉族人千里迢迢走进这座西域古城的感觉，跟现在或许有所不同。那时佛统治着民众的心灵，库车周围有数以千计的佛窟和规模可观的佛寺遗址，可见当时民众对佛的迷恋与狂热。那时虽有战争、仇恨，但灵魂会在同一个佛祖那里归于宁静。

我把自公元十世纪起伊斯兰教传入新疆，视为西域大地上两千年来发生的最重大事件——它直接改变了当地民族的心灵。而现在，无论我们付出多么巨大的努力、多么持久的耐心，到头来能够改变的也只是人们的生活环境。

我刚到库车时，惊异于新城老城的巨大差异。新城的宽敞街道及林立两旁的高大商厦，与老城的简陋土巷仿佛遥隔多少个世纪。它们的实际距离，却不足两千米。一条317国道，分开新老两座城池，也划分出贫穷和富裕。

新城居民多半是机关工作人员、商人及部队军人家属。老城大多是无业或自由职业者，靠手工和体力维持着多年不变的朴素生活。

老城的主要交通工具是毛驴车。

新城不准毛驴车进入。新城的汽车，却可以在老城街巷乱窜。

去新城的人，往往坐驴车到国道一边下来，再换乘汽车。毛驴站在新城边上，望着晃眼的高楼，想着自己钉了铁掌的驴蹄，也许永远不会踏上那些宽敞的街道。毛驴知道自己可去的地方会越来越少。

甚至通往乡村的柏油路,也不是给毛驴车走的,尽管路上最多的就是驴车。

南疆的乡道大都很窄,路两旁白杨林立,刮乱风时树梢在空中打在一起。这些林荫乡道早被汽车霸占了。路两旁靠近林带没铺柏油的地方供人和驴车行走,窄窄的一米或半米宽一溜子,遇超车时汽车轱辘会碾在上面,赶路人常被挤到林带里。那些驴车,谦卑地靠着路边走,一只车轮压在没铺柏油的路边上。即使赶车人睡着了,毛驴也知道靠着路边一直走回家去,而不会随便跑到路中间与汽车争道。毛驴有点害怕汽车这种东西,它不知道藏在铁壳子里面的那个牲口是啥样子,咋这么有劲,跑起来飞快。

新城老城的区别,就像汽车和毛驴车一样。

在我看来,老城的旧里有一种现世罕见的新奇。那些手工匠人手下从容不迫的敲打声、毛驴嗒嗒的蹄声,以及老街土巷里千百年来不变的生活,它们穿过漫长时光完整地呈现在眼前时,就像刚出坑的馕一样冒着新鲜热气。一种东西旧到某种程度,它内质的新便开始显露。

而新城,正制造着在别处已千篇一律的陈旧。那些楼房、玻璃幕墙、广告牌、舞厅、酒楼……这座正加紧建造的新城,在一砖一瓦地动工之前,便已经陈旧了。那些看似新艳的现代装饰材料,再创造不出任何新意。这是一种永远的旧,不会像老土陶一样在时光中增值返新。

我和来库车的许多游人一样,是奔着老城来的,老城是我们的过去,人们想看见自己的过去。正快速到来的那个未来似乎并不能完全地吸引人,人们对自己没到达的未来不太放心,在心理上人们需要一个保留完整的过去。万一未来出了问题,我们还能够回去,就像汽车坏了我们还有毛驴车可坐。

在这条车流忙碌的现代公路旁,总有一些毛驴车,边拉着木头草料,干着它们的活,边等着那些屁股冒烟的铁家伙出麻烦坏掉,无法修好,然后毛驴车慢悠悠赶过去。

"哎,阿达西,你的家在哪里,要不要坐毛驴车回去。"

我们的家在哪里。

还是在不久的过去,人们还有无数条道路可走,有许多的去处可以安顿心灵和身体。如今,我们只剩下现代化这一条道路了。

不久的将来,库车老城也会变得跟新城一样(或许不会),谁也无法阻挡它的发展。在它被改变之前,我有幸写下了这些文字。我说过,我们能够改变的,也只是他们的生活环境。那些土巷可以被迁走,毛驴车从街道上消失,但他们的心灵,有谁能动摇?

我希望我看见了他们生活中那些不会改变的东西。我希望自己贴近了这座老城的古老心灵。但我无法说出——能说出它的人们整日坐在街边的尘土中,沉默不语。我只是一个短暂的停留者,没看见杏花盛开,却赶上满园的杏子熟透,赶上一场婚礼的欢宴歌舞,看见库车城外的麦田大片黄熟,一群一群的人提着镰刀走进地里。我还赶上一个又一个巴扎日,在那些走进多少次的尘土小巷里，我看见他们多年不变的生活，像一种等候。看见在他们中间，默默无闻的我自己。我被他们感动，想说出什么，却又无法言语。

我只能这样草草结束我的库车之旅，我的文字只能写到这一步。还会有人来到库车，写出另外的一本书。这都不是我所期待的，我希望听到这座老城自己的声音。那些沉默的嘴，迟早会说话。我希望一个地方，最终被它自己说出来，我宁愿做一个虔诚的倾听者。可是，谁会说出这些呢？

远路上的新疆饭

一

有一年，我们开车去阿勒泰，从天山脚下的乌鲁木齐出发，穿过茫茫准噶尔盆地，往天边隐约的阿尔泰山行进。原打算在黄沙梁吃午饭，那里的路边有几家卖拌面和大盘鸡的野店。所谓野店，前后不着村，饭馆的矮房子淹没在路边野草中，四周是沙梁起伏的荒漠。那时这条穿越荒野的道路旁人烟少，饭馆更少，南来北往的人，行到这里早都饿了，都会停车吃饭。我们却没饿，行车到半中午时，见路边一片瓜地，便沿便道开车到瓜地边，想买个西瓜解渴，一地西瓜明晃晃熟在地里，却找不到看瓜人，没办法买，只好自己摘了吃，吃饱了在瓜皮下压了一块钱，算是付费。这顿西瓜把我们的午饭耽搁了，到黄沙梁的野店时，大家都饱着，就说再往前赶，结果一直赶到了黄昏，车里的人饥肠辘辘，这时候的大漠落日，就像挂在天边永远吃不到嘴的圆馕。司机说，这段路上再不会有饭馆,也不会有西瓜地。我们穿过沙漠腹地,已经到了更加干旱荒凉的阿尔泰山前戈壁。

这时,荒无人烟的路边突然冒出一间矮土房子,土墙上歪歪扭扭写着"沙湾大盘鸡"。赶紧刹车拐进去,车停在院子里。所谓院子,就是土屋前一小片修整平坦的戈壁,和屋旁辽阔起伏的戈壁滩连在一起。店里只一张桌子,七八个板凳。女店主的表情也跟戈壁滩一样漠然,不冷不热地说一句"你来了",那语气像认得你。你似乎也觉得认识她,只是记不起来。她提着大茶壶,给每人倒一碗茶,那茶仿佛泡了一天,跟外面的黄昏一般酽。

忐忑地要了一个大盘鸡,问多久炒好。说快得很,一阵阵。果然喝几碗茶的工夫,做好的大盘鸡端上来了,那盘子占了大半张桌子,鸡块、土豆块、辣子满满堆了一大盘。四双筷子齐刷刷伸过去,没人说一句话,嘴全忙着啃鸡,忙着吃里面的皮带面。太阳什么时候落山的都不知道,小店里渐渐暗下来时,我们才从贪吃中抬起头来,彼此看看,谁学着女店主的腔冷冷地说了句"你来了",大家都笑起来。

我全忘了坐在一桌的人是谁,我们因什么事踏上了去阿勒泰的这趟旅行,只记得吃着大盘鸡的瞬间,我侧过脸看着窗外荒天野地里的彤红晚霞,地平线清晰地勾勒出大地的边沿,那是我在千里之外的小县城时常看见的天边,我们开车跑了一整天,它还是那么远。仿佛比我在别处看见的更远。那一刻,一顿荒远的晚饭,就这样长久地留在了回味里。

多年后再走那条路，有意把时间磨到黄昏，想再坐在那小店的窗口，吃着大盘鸡看荒野落日，想再听那恍惚的一句"你来了"。沿路经过一个又一个饭店，一直把天走黑，那土房子再找不见。

二

大盘鸡是我家乡沙湾发明的一道大菜，说是菜，其实也是饭。新疆饮食大多饭菜不分，拌面、抓饭、手抓肉都是饭里有菜，菜饭合一。大盘鸡也一样，主菜鸡，配料辣子、土豆、葱姜蒜，外加特制皮带面，搅拌在一起，结实耐饿，适合在路途中吃，也方便在偏远路边店炒制，剁一只鸡，配一把辣皮子，一只铁锅便能炒制出来。

大盘鸡发明的那些年，我在沙湾城郊乡农机站当管理员，常被拖拉机驾驶员拽去吃大盘鸡，那些跑远路的司机，吃遍天山南北，还是觉得大盘鸡好吃。好在哪儿，可能就是盘子大，可以放开吃。不像那些小碟子小碗的吃法，都不好意思下筷子。那时大小酒桌上的主菜都是大盘鸡。一大盘子鸡肉摆在面前，红辣皮子青辣椒，白葱绿芹黄土豆，满满当当堆一盘，能让人胃口大开，平添大吃大喝的豪气来。

沙湾大盘鸡在二十世纪九十年代沿公路传到全疆各地。

到现在，好吃的大盘鸡都在路上。后来大盘鸡传到城郊僻街陋巷，生意依旧红火。城里人纷纷开车来吃，城郊乱糟糟的环境能和大盘鸡相匹配。再后来大盘鸡进了城，乌鲁木齐繁华区开过许多大盘鸡店，没多久都倒闭了。不是城市厨师手艺不好，大盘鸡本是一道乡间野路子大菜，在乡村饭馆和路边的简陋餐桌上，它一盘独大，其他菜都围着它转。到了城里的大餐桌上，七碟子八碗，大盘鸡失去了霸主位置，自然就寡味了。

有几年我们在和丰做工程，常走呼克公路，早晨从乌鲁木齐出发，到黄沙梁那一片刚好中午，在路边沙包下的饭馆吃大盘鸡。那几家店我们轮换着吃过，味道都差不多，好不到哪里，只是那个环境，太适合吃大盘鸡了，屋外摆着永远擦不干净也支不稳当的圆桌，除了路，四周只有沙漠荒野。有时刮起风，空气中呼呼啦啦地响，一阵沙尘草叶扬过来，大盘里的鸡肉也随之味道丰富起来。

我有一个亲戚，就在黄沙梁北边的沙漠里，开荒种了几千亩地，说了几次让我去他的农场玩。一次我路过黄沙梁，突然想去看看这个当地主的亲戚，打手机打不通，没信号，便驱车往沙漠里开，在岔路纵横的荒漠中凭感觉行驶了三个小时，最终盯着远远的一缕炊烟来到亲戚家的农场。那座冒着炊烟的矮房子，坐落在一眼望不到边的棉花地边，女主人正在做午饭，见我来了，赶紧让小儿子骑摩托车去喊他父亲。

不一会儿，带着一身农药味的男主人回来了，说在开机子打农药。我说:"耽误你干活了。"亲戚说:"让虫子多活半天吧,没事。"说着扭头吩咐女人剁鸡,只听房后一阵鸡叫和扑腾声。又过了一阵子,一大盘鸡便做好端上来。男主人从床底下摸出两瓶沙湾苦瓜酒,我们边吃边喝边聊着棉花收成的事,五个男人,一会儿就把一瓶子酒喝光,第二瓶喝到一半时,主人喊小儿子去买酒,我说:"喝好了,还要赶路呢。"小儿子不听我的,一脚油门,摩托车扬尘远去。

那半瓶酒喝完时,太阳已经西斜到棉花地里。主人看着空了的瓶子,不好意思地说:"酒很快买来了。"我说:"不能再喝了,还要赶路。"男主人说:"你来了就不要想走。"我说:"真的有事要走。"主人说:"你要再说走,我就开挖机去把路挖断。"

天色黄昏时,听见摩托车声,小儿子抱来一箱子苦瓜酒。我问去哪里买的酒,他说公路边的小商店,来回一百多公里。我们等了三四个小时,先前喝上头的酒劲都过去了,主人又吩咐剁鸡炒菜重新喝。我看天色已晚,哪儿都去不了了,只好任凭主人安排。

第二轮酒是在月亮底下喝开的,酒桌摆在沙地上,白天的闷热过去了,凉风从西边徐徐吹来,月光下轮廓清晰的沙丘像在晃动,月亮也在天上晃动。不知何时,同来的三个人早已躺在沙地上睡着了,司机也在敞开的车门里呼呼大睡,剩下我和亲戚举杯对饮。

荒漠之中,明月之下,两个喝高了的人,嗓音高低不一地说着明早肯定会忘记的滔滔大话,那话随月亮升高,又随沙丘起落。

我就在那时听见屋后面的鸡叫声,先是一只,接着三只五只,远远地,沙漠那边的鸡叫声也传过来。我看着盘子里剩了一大半的鸡肉,突然嗓子发痒,我从自己一个接一个的打嗝声里,也听见了鸡叫。

三

在新疆,最方便在野外吃的还有手抓羊肉,一锅水,一只羊,煮熟了吃,做起来比大盘鸡还简单。

一次我们到伊犁军马场游玩,中午约在山谷里一户哈萨克牧民毡房吃煮羊肉。到了毡房,牧民说羊去后山吃草了,主人骑马去驮羊,结果一去半天。到太阳西斜,羊驮来了。招待我们的人说,羊远得很,山路也不好走。我们看着主人宰羊、剥皮,肉放进石头支起的大铁锅里,松树枝在炉膛慢慢烧着,我们耐心地等。

跟我们一起等待的还有一群盘旋在天空的老鹰,鹰早在牧民马背驮羊下山时就盯上了,一直追踪到毡房前,看着羊被宰了,煮进锅里,它们等着吃骨头。几只牧羊犬也等着吃骨头。还有远近草原上的牧民,他们看着天空中盘旋的老鹰,就知道鹰翅膀下面的毡房煮羊肉了,一匹匹的马驮着主人朝着这边溜达过来。

羊肉煮熟端上来时天已经黑了，一盘堆成小山的肉里，仿佛已经煮入了牧民上山驮羊的时间、羊在山上吃草的时间、鹰在天空盘旋的时间，以及我们饥饿等待的时间。

那一餐，我们一直吃到半夜，肉吃了一块又一块，每人面前都堆了一堆羊骨头。酒也喝掉一瓶又一瓶，都没有醉的意思。仿佛我们等了大半天的饥饿，要用大半夜才能吃喝回来。

四

我的朋友刘湘晨说过他最难忘的一顿饭。

那年他在塔什库尔干拍纪录片，要下山买摄像机电池，站在村口等车，等到快中午，路上连个车影子都没有。就在这时，山坡上说说笑笑地来了五个姑娘，在路边的平地上支起帐篷，用石头垒起一个炉灶，放上铁锅，便开始架火烧饭。我的朋友不知道姑娘们给谁做饭，也不便过去问，就老老实实坐在路边等。等得快睡着了，过来一个姑娘喊他，让他过去吃饭。姑娘说："我们在村里看见你在这里等车，今天不一定会过来车，明天后天也不一定有车过来，我们给你搭了帐篷，做了饭，你住下慢慢等。"

我的朋友常年在塔什库尔干拍片子，住在当地的塔吉克族人家，早已领略了塔吉克人的热情好客。但这样的奇遇还是第一次。

他感激地吃完姑娘们做的清炖羊肉，正打算在帐篷里住下，远远看见一辆运货的卡车开来。他多么不希望这辆车过来，最好明天后天也不要有车来，他就一直住在路边的帐篷里，每天看着五个姑娘在石头垒的炉灶上给他做饭，晚上躺在帐篷里，望着高原上的星星和月亮，做着美梦，等一辆他永远不希望过来的车。

他可能是塔什库尔干最幸福的路人了。

同样的幸福经历我也遇到过。

那次我们驾车去和布克赛尔蒙古自治县牛石头草原探路，那是一处远离县城的高山湿地牧场，没有正规道路，汽车走的都是羊道，羊群踩出的道大坑小坑，要把车颠散架似的。一百多公里的路，走了四个多小时。大中午时，一行人进到一户牧民毡房，男人放羊去了。我们给女主人说，能否给做点吃的，我们付钱。

女主人热情地招呼我们上炕坐下，很麻利地铺上一块白色单子，把烤馕和小油饼放在上面，沏上烧好的奶茶，让我们品尝。然后，女主人架着外面的炉子，开始煮风干牛肉。

我们出去游玩拍照。这里是一片高山湿地牧场，一块块的巨大石头，像卧在草原上的石牛，全头朝西，任由西风吹凿出头、身体、鼻子和眼睛。草原上还有两个小湖泊，挨得不远，像两只望向天空的眼睛。我们玩得忘记时间，直到听见女主人站在一块大石头上高喊，声音高高地飘到天上，又落在草地的大石头间。

那顿肉我们吃得很仔细,肉被风吹干,再煮熟,还是干硬的,只能小块地咀嚼,肉里有风的悠长干燥,有草从青长到黄的香,有石头的咸,有松枝烧柴的火气。一大盘子牛肉,细嚼慢咽地全吃光了。

临走时问主人需要多少钱。

"不要钱。"蒙古族阿妈说。

同行的朋友掏出五百块钱硬塞给阿妈。阿妈拗不过,就收下了。然后,她俏皮地笑着,一人一张,把五百块钱塞给了我们一行五人。

像是塞给她的五个孩子。

五

那年我和一位作家在维吾尔族朋友的陪同下,到库车塔里木乡采风。爱说笑话的乡会计开一辆没刹车的破桑塔纳,拉着我们在渠沟纵横的胡杨林里穿行。矮胖敦实的维吾尔族乡书记坐前面,我们同行三人挤在后排。会计用半生不熟的汉语说:"你们不要担心我的车没刹车,刹车多得很,胡杨树、沙包、渠沟都是刹车。"确实是这样,对面过来一辆拖拉机,眼看撞上了,会计一打方向盘,直接撞在路边沙包上,把车刹住了。

晚饭安排在塔里木河边一户农民家,两间房子,孤孤地坐在胡杨林里。我们进屋脱鞋上炕,炕桌上摆着馕和葡萄干,乡书记让我们坐上席，他和会计坐对面。我们喝着奶茶吃着馕，会计打开自己带来的几包油炸大豆和花生米，乡书记从身后摸出一瓶酒，打开自己倒一杯喝了，又倒一杯给我。维吾尔族喝酒是一个杯子轮流转，转一圈，酒瓶子交给我，我先倒一杯自己喝了，再倒一杯给乡书记，就这样一圈圈地转，几包花生米都吃完了，天上星星出来了，我以为就这样一直喝下去了，突然房门打开，主人端着一大盘煮熟的羊肉进来，接着提来水壶，挨个给我们浇水净手。乡书记说："刚宰的羊。"乡书记带我们双手捧起做了祈祷。然后，他从腰上的刀鞘里抽出一把刀子，刃朝自己，刀把递给我。我在盘子中间最大的那块肉上割一块自己吃了，又割一块给乡书记，然后刀子递给会计，他麻利地把肉削成小块递给我们，自己也不时塞一块肉在嘴里。

　　肉吃好已经是半夜了，我以为该开着没刹车的桑塔纳回乡上睡觉了。可是，乡书记又摸出一瓶酒，说刚才是白喝，没有菜。现在菜来了，正式喝。

　　这场酒从上半夜开始，往深夜里喝。与我同行的作家喝几杯说醉了，一歪身躺炕上睡着了。我们在他的鼾声里一杯杯地喝，他睡一觉突然坐起来，说该走了吧。乡书记见他醒了，拉住硬给他灌一杯酒，他又倒身睡过去。我们就在他睡睡醒醒间，喝了一瓶又一瓶。中间有一阵子，我有点迷糊，喝了几杯又醒过来。醒过来我突然开始说维吾尔语，他们都惊奇地看着我，这个前半夜不会说半句维吾尔语的汉人，后半夜张口就是维吾尔语。我用维吾尔语跟他们说笑，给他们敬酒，他们都能听懂我说什么，我也知道我在说什么。似乎我几十年来听到耳朵里的维吾尔语都被酒激活，涌到了舌头根上。

喝到东方泛白，我出去方便，看见房后胡杨树林下隐隐约约的水光，一大片，我沿林间小路走过去，宽阔的塔里木河出现在眼前。整个一夜，我们就在塔里木河沉静的涛声里喝着酒，却浑然不知。

我从河边回来时，听见了鸡叫。天渐渐亮起来，从水流中能看见亮起来的天色，胡杨树梢上的叶子也有了亮光。我回到屋里，见他们已经横七竖八躺了一炕，全睡着了，打着呼。那个使劲劝我喝酒的乡会计，还说了两句维吾尔语的梦话，听不清。男主人打着哈欠进来，低声对我说了句话，我听不懂，想回一句，嘴张开，说了半夜的维吾尔语竟半句都找不见。我不好意思地对他笑笑，然后，挤到炕角上和他们一起睡着了。

六

好多年前，我和回族画家张永和在老奇台镇采风，中午坐在路边小饭馆门前吃拌面。过来三驾马车，车上堆着空麻袋，显然刚卖了麦子。赶车人把马拴在门口的杨树上，一伙人吵吵嚷嚷在门口的大桌子旁坐下，我以为他们要大喝一场，粮卖了，人人口袋里装着钱。

可是，他们什么都没要。

其中一个人往里面高喊："老板，来碗面汤，馍馍自带。"

他们从随身布袋里拿出馍馍，每人拿出的都不一样，有白面的、苞谷面的，有花卷，有馒头，摆在桌子上。老板从后堂抱来一摞子大瓷碗，一人跟前摆一个，拿大水勺挨个地加满冒热气的面汤。

"谢谢啦，老板。"其中一个说。

"喝完了再加。"老板说。

他们用面汤泡馍馍很快吃完了，我和永和吃过拌面，喝着面汤看他们赶马车上路。

问老板他们咋喝个面汤就走了。老板说："今年天灾，粮食收得少，农民都舍不得吃拌面，就要一碗面汤对付了。"

"不过，他们收成好的时候会过来好好吃一顿。"老板又说。

面汤是新疆最暖人的汤，不要钱。吃完拌面，最舒服的就是喝碗面汤了，汤里全是面的味道，略咸，喝一口下去，面汤烫烫地穿过刚入胃的拉面，那些香味又被勾回来。

有一个笑话，店小二给老板说："一食客吃完拌面没付钱就走了。"老板问："喝面汤没？"小二说："没喝。"老板说："那就没事。"过了会儿，果然食客急匆匆回来，让老板上碗面汤。

我在沙湾金沟河镇农机站工作那两年，每天中午都到乌伊公路边的饭馆吃拌面，一次一个种棉花的农民坐在对面，和我一样要了拌面，菜和面端上来时，他先把一小半菜拌在面里，很快吃完，喊一声"老板，加面"，剩下的菜分一半到新加的面里，吃完再喊一声"老板加面",待面上来,把其余的菜全拌进去,菜盘子拿面擦干净,呼噜呼噜吃了,又喊一声"老板,面汤"。

我被他的吃法感染,也喊了声"老板,加面",面加了却没吃完。

听老板说,附近种地的农民,天刚亮就下地,中午没工夫回家做饭,就到饭馆结结实实吃一顿拌面,然后干到天黑才回家。那一份拌面,要把上半天耗尽的力气补回来,还要撑到天黑。出那么大劲,加几份面都不够的。

路边饭馆的常客多是跑长途的司机,这顿吃了,下顿在千里之外。拌面是最能抗饿的。饭量大的加两三份面,再喝一两碗面汤,弓着腰进来,挺着肚子出去。吃拌面的人,吃到加面才是最香的,加面不要钱,最后那碗面汤也不要钱。这是新疆饭的厚道,管吃饱喝好。

进到新疆的大小饭馆,主人先倒一碗烫茶,再问你吃啥。茶水也是免费的。一个不产茶的地方,竟然免费给客人喝茶。

那几年我常坐在路边饭馆喝茶,道路坑坑洼洼,汽车远去后,扬起的尘土缓缓落下来,像岁月一样,落在身上头上,我不管不顾地坐着。那时我年轻迷茫,看着远去的汽车会莫名伤感,仿佛什么被带走了,让我变得空空荡荡,又满眼惆怅。

多少年后,我还喜欢在路边的小饭店吃饭,望着往来车辆,想找到年轻时的那份忧伤。我二十多岁时,在尘土飞扬的路边,想望见四十岁、五十岁的自己,到底走到了哪里。如今我年近六十岁,知道已走在人生的远路上,此时回头,看见二十多岁的自己还在那里,我在他远远的注视里,没有迷路,没有走失。

  2021 年 4 月 2 日修订于去上海的飞机上

牧游

一、牧道

在新疆塔城塔尔巴哈台山和托里玛依勒山之间，隐藏着一条长达三百多公里的牛羊转场道路。每年春秋季节，数百万牲畜浩浩荡荡走在这条古老牧道上。一群一群的牛羊头尾相接，绵延几百公里。这条时而与公路并行的牧道，多少年来默默承载牛羊转场，它没有名字，只是一条牛羊走的路，跟地上的蚂蚁、老鼠走的路一样，谁会操心它通向哪里？2009年的一天，一个叫方如果的作家，突然发现了它。这之前，方如果曾多少次经过这条路，对路旁牛羊转场的场面也早已熟视无睹。可是那一天，就在奔驰的汽车里，他一扭头，看见公路旁缓缓移动的羊群和羊脚下密密麻麻的路，他让车停住，下路基走到羊群后面，发现深嵌土中的一条条小羊道组成的宽阔大牧道，蜿蜒穿过山谷草地。他因自己的发现激动不已，一会儿跑上公路，往下看羊的路，一会儿又站在羊的路上反复看人的路。随后的几个月里,他沿这条牧道走到远远近近的山谷和草原。一条世间罕见的有着三千多年固定转场历史的游牧大道在他头脑里逐渐完整。他为这条牧道起名:塔玛牧道。

二、风道

手绘地图上的塔玛牧道,像一棵枝杈丰茂的大树和它的根部,树干部分是老风口牧道,那些分岔到塔尔巴哈台山和玛依勒山各沟谷的牧道,在老风口汇聚成一条主干道。老风口是进出玛依勒山区冬窝子的唯一通道,也是塔城盆地和准噶尔盆地气候交流的孔道。在这条不算宽阔的山谷地带,风要过去,四季转场的牛羊要过去,东来西往的人要过去。风过的时候,人和羊就得避开。风是这条路上最早的过客,后来是羊和其他动物,再后来是人。

自从有了人,老风口变得不一样了。因为人想把风挡住,自己先行。

史书记载清代官方曾将一百张牛皮缝起来,竖在老风口,说是要把风的嘴缝住。还建风神庙祭祀。古人有古怪办法治风。事实证明毫无作用。

二十世纪九十年代,塔城地区投巨资在老风口植十万亩防风林,树木成林后老风口冬季的风明显小了,但风口北边额敏县城的风据说大了。风要过去,谁也挡不住,缝牛皮也好,植树造林也好,都不能阻止风过去。人造的十万亩防风林,确实比一百张牛皮管用,但仍然无法把风的嘴缝住。风被树林挡了一下,往北侧了侧身,从村庄田野和额敏县城刮过去。

远近牧场的羊,在老风口的主牧道汇集。在到达老风口前的一个月里,羊群就排好了队,一群挨一群过去。刮风时停下等风。遇山洪停下避水。羊道比公路拥挤。人的路坏了修修了坏,羊道从来不坏。羊的四只蹄子不会走坏自己的路,只会越走越深,越走越远。人修路挖坏或侵占了羊道,羊就走公路。一些狭窄山谷只容一条路通过,有人的就没羊的。羊只好与人争路。羊群一拥上公路,世界就慢下来,跑再快的车也得慢悠悠跟在羊群后面。一群羊让人瞬间回到千年前的缓慢悠长里。

老风口呜呜吼叫的风声,在顺风几百里的地方都能听见。

那时羊群都躲在洼地避风,耐心等风停。羊不着急,牧羊人也不急。被堵在风口两边的人着急,他们都有急事,赶着外出或回去。风把人的大事耽搁了。有些事耽搁不起,就有人冒险闯风口,结果丧命。他不知道风的事更大更急。羊和牧羊人早都知道,此刻天底下最大最急的事情就是刮风。风不过去,谁都别想过去。羊在哪儿候着都有一口草,一个白天和晚上。堵在风口两边的人,也在烦人的风声里学会安静下来,等待一场一场的风刮停。

三、鸟道

从塔城到托里,并行的牧道和公路上面,还有一条黑色鸟道。

成群的乌鸦和众多鸟类,靠公路养活。乌鸦是叫声难听的巡路者,一群群的黑乌鸦在路上起起落落。乌鸦群飞在公路上空是一条黑压压的路。落下来跟柏油路一个颜色,难以分辨。塔城盆地是北疆大粮仓,往外运粮的车队四季不绝。乌鸦就靠运粮车队生活。鸦群在行驶的汽车上头叫,开车人受不了乌鸦"啊啊"的叫声,想快快走开。乌鸦乘机落在粮车上,啄烂车厢边的麻袋,麦子、苞谷、黄豆、葵花子在汽车的颠簸中撒落一路。鸦群沿路抢食。麻雀和黄雀也跟着乌鸦享福。老鼠也安家在路旁,忙着搬运撒落在马路的粮食。

早年,运粮汽车上坐一个赶鸟的人,乌鸦飞来了就"啊啊"地叫。挥动白衣服赶。乌鸦怕白。这个不知谁传下来的可笑说法,竟被当真用了。乌鸦若怕白就不敢飞到白天了。后来运粮车上蒙了厚帆布,乌鸦啄不烂,就到别处谋生活了。有的飞到城市,跟捡垃圾收废品那些人搭伙。乌鸦有脑子,飞到哪儿都能过上好日子。

在南北疆,见到最多的就是乌鸦。乌鸦把靠路生活的办法传给更多的鸟。它们离不开路了。连野鸽子和鹞鹰,都是公路上的常客。老鼠更是打定主意世世代代在公路边安家。路上那么多车过往,总会有可吃的东西落下来。尽管每天都有老鼠被车轮碾死,有鸟被车撞死。

还有靠公路谋生的人，背一个口袋走在路边，见啥捡啥，矿泉水瓶、酒瓶、易拉罐，秋天散落路边的棉花，被风刮落的大包小包，运气好时还有飘出车窗的钱票子。和乌鸦一样聪明的人，在蚂蚁、老鼠和鸟迁到路旁之后，跟着就赶来了，远远近近的公路都被人占领，路被一段段瓜分，三十或五十公里就有一个巡路的，里程清楚，互不相犯。在五十公里的马路边拾的东西，养活五口之家没一点问题。

鸟在人的道路开通前，早已学会靠羊道生活，鸟在高空，眼睛盯着牧道，羊群来了就落下来，站在羊背上找食物。粘在羊毛上的草籽，藏在羊毛里的虫子，都是好吃食。每群羊头顶上，都有一群鸟。鸟是牛羊的医生和清洁工。牛背上的疮，全靠鸟时刻清理蛆虫，直到痊愈。羊脊背痒的时候，就扭身子，往天上望。鸟知道羊身上有虫子了，飞来落在羊背上，在厚厚的绒毛里啄食。

鸟很依赖羊。有的鸟老了，飞不动，站在羊背上，搭便车。从春牧场到夏牧场，又回来。就差没在羊毛里做窝下蛋。

四、转场

同一张皮里，羊瘦十次胖十次。到春天又瘦了。

春天是羊难过的季节。转场开始了。牧民收起过冬的毡房。

羊群自己掉转头，跟着消融的冰雪往上走。雪从羊度过漫长冬季的"冬窝子"，一寸寸往远处山坡上消融。那是一条羊眼睛看见的融雪线。深陷绒毛的羊眼睛里，一个雪白世界在走远。羊的一天是从洼地到山坡那么长，一年则是一棵草长到头那么短。看不见下一个春天的羊，会在一个春天里遇见所有春天。这个人羊疲乏的季节，羊耳朵里装满雪线塌落、冬天从漫山遍野撤退的声音。

雪消到哪儿，羊的嘴跟到哪儿。大雪埋藏了一冬的干草，是留给羊在泥泞春天的路上吃的。羊啃几口草，喝一口汪在牛蹄窝里的雪水。牛蹄窝是羊喝水的碗，把最早消融的雪水接住，把最后消融的雪水留住。当羊群走远后，汪过水的牛蹄窝长出一窝一窝的嫩草，等待秋天转场的牛羊回来。羊蹄窝也汪水，那是更小动物的水碗。

转场对牧人来说是快乐的事，毡包拆了搭，搭了拆，经过一片又一片别人的草地，赶着自己的羊，吃着别人的草，哼着悠长的歌。一切都是天给的。羊动动嘴，人动动腿，就啥都有了。

洼地的冬窝子寂寞了。芦苇、芨芨草、碱蒿、骆驼刺，不受打扰地长个子，长叶子，结草籽，这些在冬天不会被雪埋住的高个子草，是留给羊回来过冬的。一般年份，盆地的雪不会深过羊腿，牧人在白茫茫的雪地上放牧。羊嘴笨，不会伸进雪中拱草吃。羊有自己的办法，前面的羊会为后面的羊蹚开雪，牛和马也是羊过冬的好伴，牛马走过的雪地上，深雪被蹚开，雪下的枯草露出来。当然，最好的帮手是风，一场一场的大风刮开积雪，把地上的干草递给羊嘴。

遇到不好的年成，大雪托住羊肚子，羊在雪地上寸步难行。所有的草被埋没，牛和马都找不到草吃，牧民也束手无策，这就是雪灾了，只有等政府的人来救助。一旦困在大风雪中，牧人唯一能做的事就是张望等待，牛羊跟着人张望等待。有时候，果真望见有推雪机开路过来，后面装着干草的汽车开到羊圈旁，一捆一捆的干草扔下来。面和清油卸下来。羊和人都得救了。

五、节绕

夏牧场的青草是给活到夏天的羊吃的。总有一群一群的羊走到夏天。夏牧场，在哈萨克语里叫"节绕"，有节日和喜庆连连的意思。一年四季的转场，就为转到花开草青的夏牧场。转到夏牧场，就是胜利。

新疆的春天从四月开始，七月到九月才是夏天。从春牧场开始，羊踏着泥泞走，追着草芽走，草长半寸，羊走十里，前面的羊啃秃的草，又被后面的羊啃秃。一棵草被啃秃十次长出十次，就没有希望长老了，别处的草开花结果了，它还在努力地长叶子，一直长到草头伸到风中，看见最后的羊群走远，牧人驮在马背的毡包转过一个山弯，再看不见。

走到夏牧场的羊，是幸福的，所有的青草都被羊追赶上。皮包骨头的羊，在绿油油的草场上迅速吃胖。羊发愁吃胖。这个牧羊人知道。一场一场的婚礼割礼排成队,赛马、姑娘追,阿肯弹唱排成队。羊在一旁啃着草,侧耳听人热闹。羊和人早就商量好了,牧人给羊干活:搭羊圈、帮羊配种、接生、剪羊毛、起羊粪、喂草、看病。人给羊干的最后一个活是把羊宰了吃了,这也是羊唯一给人做的。羊知道被人养的这个结果。知道了就不去想,吃着草等着,等剪掉的毛长起来,等啃短的草长长,等毡房旁熄灭的炊烟又升起来,等到一个早晨牧人走进羊群,左看右看,盯上自己,伸手摸摸头,抓抓背上的膘,照胖嘟嘟的尾巴拍一巴掌。时候终于到了。回头看看别的羊,耳朵里满是别的羊在叫。自己不叫,只是回头看。

托里沙孜湖,那片被称为贵族草原的美丽夏牧场,是远近牛羊迁徙的目的地,尽管很多牛羊在这里被宰掉,但它们还是争相前往。在羊的记忆里,那片有湖泊湿地的山谷牧场,是天堂。每只羊都知道去沙孜草原的路。知道去塔尔巴哈台和玛依勒牧场的路。塔城四个县的羊群汇聚在沙孜湖。牧人说,羊夏天不吃一口沙孜湖的草,会头疼一年。所有的羊都往沙孜湖赶。羊一心要去的地方,谁能挡得住。羊有腿还有道呢。牧人只是跟在羊群后面,走到水草丰美的夏牧场。当天气转凉时,在草木结籽、牛羊发情的九月,膘肥体壮的羊交了欢怀了羔,转身走向回家之路。牧人依旧跟在羊群后面。夏牧场是羊夏天的家。冬窝子是羊冬天的窝。回到低洼的避风处,去年冬天吃秃的草,今年又长高了,草远远望见羊群回来,草被羊吃掉,就像羊被人吃掉一样自然。

六、牧游

塔玛牧道的发现和命名,只是一个开始。这个叫方如果的作家,一心想把这条牧道推出去,让世人知道它的价值,他写了长达十万字的纪实散文《发现塔玛牧道》,还针对塔玛牧道发明了一种新的旅游方式:牧游。是将游牧倒过来读,从"牧"的尽头往回"游",这是一种全新的旅游理念。它的模式是由政府或公司负责培训管理牧户,让牧民在保持其原生态文化生活的基础上,具备一定的旅游接待能力。旅行社直接将游客带入牧民毡房,让游客在欣赏草原美景的同时,随牧民转场放牧,跟着羊群去旅游,羊走到哪儿,人跟到哪儿。过一把草原游牧生活的瘾。

牧游的路线就是牧道。在天山和阿尔泰山中,隐藏着一条条千年不变的古老牧道,有的长几十公里,有的长几百上千公里,每条牧道都堪称隐秘绝美的旅游景观带,从冬牧场的山前平原丘陵,通往大山深处水草丰美的夏牧场。牧游是引导人们离开平坦大路,去走羊的崎岖小道。走羊的通天牧道。看羊眼睛里的草青花红,日出日落,听羊耳朵旁的风声水声,虫鸣鸟鸣。过前世里约定的草原游牧生活。

这种让游客直接进入牧民生活的体验旅游,也是让牧民直接受益的民生旅游。它的更大意义是,牧游的创生,将打破新疆现有的被景区控制的旅游格局，让有牧民转场的山谷，有牛羊放牧的草场都变成景区。靠一条条风光无限的转场牧道和牧道上原生态的游牧生活，将整个天山、阿尔泰山、伊犁河谷、塔城盆地全变成游客自由出入的旅游景区。

距塔玛牧道二百多公里的和布克赛尔谷地，牧游试点在那里开始。随着草场的退化和严重萎缩，以及牧民安居工程的落实，四季转场的游牧生活业已走到尽头。人类的游牧时代就要结束了。牧游，在这时被创造出来。它是对西域古老游牧文明的一场回望和挽留。

在这个世界上，人在走路，羊也在走路。羊的路在走向哪里，你不想去看看吗？

2012 年

冯四

很多年，我注意着冯四这个人。

我没有多少要干的事。除了比较细微地观察牲口，我也留意活在身边的一些人，听他们说话、吵架，谈论收成和女人，偶尔不冷不热地插上两句。从这些不同年龄的人身上，我能清楚地看到我活到这些年龄时会有多大意思。一个人一出世，他的全部未来便明明白白摆在村里。当你十五岁或二十岁的时候，那些三十岁、五十岁、七十岁的人便展示了你的全部未来。而当你八十岁时，那些四十岁、二十岁、十岁的人又演绎着你的全部过去。你不可能活出另一种样子——比他们更好或更差劲。活得再潦倒也不过如冯四，家徒四壁，光棍一世，做了一辈子庄稼人，没给自己留下种子。再显贵也不过如马村长，深宅大院，牛羊马成群，走在村里昂首挺胸，老远就有人奔过去和他打招呼。我十四岁时羡慕过住在村头的马贵，每天早晨，我看着他乐颠颠地伴着新娘下地干活，晚上一块回到家里吃饭睡觉。那段时间，我常想，能活到马贵这份上，夜夜搂着新娘睡觉真是美死了。不到三十岁，我便有了一个比马贵的新娘要娇艳十倍百倍的新娘子。从那以后我就谁都不羡慕了。我觉得在这个村里，活得跟谁一样都是不坏的一生。一个人投生到黄沙梁，生活几十年，最后死掉。这是多么简单纯粹的一生。难道还会有比这更适合的活法？

有一天我活得不像这个村里的人时，我肯定已变成另一种动物。多少年我对村人的仔细观察，是学习，也是用心思索。我生怕一生中活漏掉几大段岁月，比如有一个好年成他们赶上了，而我因一件鸡毛蒜皮的小事出了远门，或者在我的生活中忽视了像挖鼻孔、翻眼睛、撇嘴这样有意思的小动作。这样我的一生就不完整了，丢三落四。许多干了大事业的人，临终时都遗憾地发现他们竟没干过或没干成一两样平常小事。接近平凡更需要漫长一生的不懈努力。像我，更多时候，也只能隔着一条路、一块长满荒草的地或几头牛这样的距离与村人相处。我想看清全部，又绝不能让村里人觉出我在偷窥他们的一辈子。

一个人的一辈子完了就完了。作为邻居、亲人和同乡，我们会在心中留下几个难忘的黑白镜头，偶尔放映给自己和别人。一个人一死，他真真实实的一生便成为故事。

而一村庄人的一生结束后，一个完整的时代便过去了。除了村外新添的那片坟墓，年复一年提示着一段历史。几头老牲口，带着被先人使唤时养成的毛病，遭后人鞭骂时依稀浮想昔年盛景。在活着的人眼中，一个村庄的一百年，也就是草木枯荣一百次、地耕翻一百次、庄稼收获一百次这样简单。

其实人的一生也像一株庄稼，熟透了也就死了。一代又一代人熟透在时间里，浩浩荡荡，无边无际。谁是最后的收获者呢？谁目睹了生命的大荒芜——这个孤独的收获者，在时间深处的无边金黄中，农夫一样，挥舞着镰刀。

这个农夫肯定不是我。我只是黄沙梁村的一个人，我甚至不能把冯四和身边这一村人的一生从头看到尾，我也仅有一辈子，冯四的戏唱完时，我的一生也快完蛋了，谁也带不走谁的秘密。冯四和我迟早都是这片旷野上的一把尘土。生时在村里走走跑跑叫叫，死了被人抬出去，埋在沙梁上。多少年后又变成尘土被风刮进村里，落在房顶、树梢、草垛上，也落在谁的饭锅饭碗里，成为佐料和食物。

由此看来，我对冯四长达一生的观察可能毫无意义。

这天早晨，冯四扛一把锨出去翻地，他想好了去翻一块地，种些玉米什么的。这样到了秋天他就有事可干，别人成车往家里收粮食时，他也会赶一辆车出去，好赖拉回些东西。多少个秋天他只是个旁观者，手揣在袖筒里，看别人丰收，远远地闻点谷香。

没人知道冯四这些年靠什么维持生活，他家的烟囱从没冒过一缕烟，也从没见他为油盐酱醋这档子事忙碌。他的那几亩地总是荒荒地夹在其他人家郁郁葱葱的麦田中间，就像他穷困的一辈子夹在村人们富富裕裕的一辈子中间——长长的一溜。有时邻家的男人撒种，不小心撒几粒落在他的田里，也跟着长熟了。只是冯四不种地，也从不知道他的地里每年都稀稀地长着几株野庄稼。经常出门在外的冯四，似乎从来也没走出过黄沙梁，按说像他这样无儿无女、无牵无挂的人，应该四处漂泊，可他硬是死守着黄沙梁不放，他在依恋什么呢？记得冯四唯一关心的一件事是每隔一两年，就去找村长问问户口册上有没有他的名字。他好像很在乎自己是不是黄沙梁人。只要看见自己的名字还笔画完好地趴在那个破户籍本上，他就活得放心了。也有过一段日子，冯四忽然不见了，像蛇一样冬眠了，没人清楚他死了还是活到别处去了。好像冯四有意跟村里人玩"捉迷藏"游戏，他藏好一个地方，期待人们去找他，先是藏得很深很隐秘，怕人们找不到又故意露点马脚。可是谁有空理他呢。这是一村庄大人，人人忙着自己的事。冯四藏得没趣，有一天便忽然从一堵墙后面钻出来，悻悻地穿过村中间那条马路。其实，我想冯四压根不会跟谁玩游戏，他是个认真的人，尽管从没认真地做过什么事。

冯四一回到他那间又破又低矮的土屋，我便只能望着屋顶上那尊又粗又高的烟囱发愣：它多像一门大炮啊，一年又一年地瞄准着天空深处某个巨大的目标，静静地瞄着，一炮不发。这使冯四的夜生活显得异常神秘难测，他没有女人，他跟自己睡觉也能一夜一夜地睡到天亮。有几个晚上我溜到窗根也没听到什么，屋子里一片死寂，不知冯四正面朝一生中的哪几件事昏昏而睡或黑黑地醒着。

在我偷窥冯四时，肯定有很多双眼睛已暗暗观察了我很多年。

每一个来到村里的人，都理所当然会受到怀疑，无论新出生的还是半道来的，弄清楚你是个什么东西，人们才会放心地和你生活在一个村里，这是很正常的事。况且，一个人要使自己活得真实，就难免不把别人的一生当一场戏。

扛锨去翻地的冯四，出门不久遇到了张五，张五的上半辈子是在别处度过的，在冯四眼中，他只有下半辈子。和这种人交往，冯四总觉得不踏实。在张五戈壁滩一样茫茫的一辈子里，他只看见稀疏的三五棵树。"看不见的岁月是可怕的。"冯四总担心会不小心陷进别人的一生里，再浮不出来。

张五正牵着五头驴，要卖到别处去。

"让驴换个地方生活，长长见识。"张五认真地说。

"驴吃惯了黄沙梁的草，到别处怕过不惯呢。"冯四说。

"没事。驴到哪儿都是拉车，往哪儿拉都一样用力。"

"不一样的。有些地方路平，有些地方路难走，驴要花好几年才能适应。"

说话时冯四注意到一头黑母驴的水门亮汪汪的，凭经验他一眼断定这是头正在发情期的年轻母驴，再看另四头，也都年纪轻轻，毛色油亮而美丽，不用往裆里乜也清楚都是母驴。一下子卖掉五头母驴，对黄沙梁村将是多大的损失。五头驴所干的活将从此分摊到一村人身上，也可能独独落到某几个人头上。他们将接过驴做剩的事，辛辛苦苦，没日没夜忙碌下去——像驴一样。尤

115

其一下子卖掉五头母驴，在本来就缺少母驴的黄沙梁，这种损失更难预计。作为男人，冯四首先为黄沙梁的公驴们想到以后的日子。没当过光棍的人不会想到这些事。冯四不知道驴为了什么理想和目标在活一辈子。凭他多年的观察，一头公驴若在发情期不爬几次母驴，整个一年都会精神不振，好像生活一下子变得没意思，再好的草料咀嚼着也无味了，脾气变得很坏，故意把车拉到沟里弄翻，天黑也不进圈，有时还气鼓鼓地举着它那警棍一般粗黑的家伙吓唬人。似乎它没爬上母驴全都怪人。而冯四光棍一辈子没娶上女人，这又怪谁呢。怪驴。怪娶走女人的男人。我猜想有几个季节冯四真的羡慕过驴呢，甚至渴望自己立马变成一头公驴，把积攒多年的激情挨个地发泄给村里的母驴。我们筋疲力尽或年迈无力时希望自己是一头牛或者驴，轻轻松松干完眼前的大堆活计。有些年月我们也只有变成牲口，才能勉强过下去那不是人过的日子。这便是村人们简单而又复杂的一辈子。由此可以推想，冯四替驴操心时也更多地为自己着想。现在他决意要留住这五头母驴。黄沙梁若没有了母驴，做头公驴还有多大乐趣。他想。

"张五，我知道有个地方要母驴，那个村子里全是公驴，一头母驴也没有。一到晚上，公驴整夜地叫唤，已经好几年了，害得村里人睡不好觉。起先大家都以为鬼在作怪，最近一个细心人（也是光棍）才发现了根本缘由——没有母驴，公驴急得慌。这阵子村里人到处打问着买母驴，我有个熟人，就在这村里，前天他还托我给找几头母驴,这不,碰到了你,这几头母驴赶过去,肯定卖大价呢。"

"真有这好事,在哪个村子?"

"别问那么多,跟我走就是了。"

他们的身影绕过三间房子,朝西边的沙梁上走去,一会儿就看不见了。

很多年来我怀着十分矛盾的心理生活在黄沙梁,我不是十足的农夫,种地对我来说肯定不是一辈子的事,或者三年五载,或者十年二十年,迟早我会扔掉这把锄子。但我又必须守着这一村人,种完一辈子的地。我要看最后的收成—— 一村庄人一生的盈利和亏损。我投生到僻远荒凉的黄沙梁,来得如此匆忙,就是为了从头到尾看完一村人漫长一生的寂寞演出。我是唯一的旁观者,我坐在更荒远处。和那些偶尔路过村庄,看到几个生活场景便激动不已,大肆抒怀的人相比,我看到的是一大段岁月。我的眼睛和那些朝路的窗户、破墙洞、老树窟一起,一动不动,注视着一百年后还会发生的永恒的事情:夕阳下收工的人群、敲门声、尘土中归来的马匹和牛羊……无论人还是事物,都很难逃脱这种注视。在注视中新的东西在不断地长大、觉悟,过不了几年,某堵墙某棵树上又会睁开一只看人世的眼睛。

天快黑时,冯四、张五和五头驴蹄印跟脚印进了村子。走出去这么多，还回来这么多，对黄沙梁来说，这一天没有什么损失。冯四编了个故事，整个一天张五和五头驴都在他的故事中，他们朝一个不存在的村庄，或者一个真实的但不需要母驴的村庄走。路是踏实的，阳光实实在在照在人脸和驴背上，几座难翻的沙梁和几个难过的泥沟确实耗费了人的精力，并留下难忘的记忆。但此行的目的是虚无的，或者根本没有目的。当冯四意识到张五和五头驴的一天将因此虚度时，自己的一天也猛然显得不真实。他同样搭上了整个一天的工夫。他编了一个故事，自己却不能置身于故事之外，就像有收成、无收成的人一同进入秋季，忙人和闲人在村里过着一样长短的日子。时间一过，可能一切都变得毫无意义。

冯四的一天就这么过去了。天黑之后，冯四把扛了一天的锨放回屋角。在这个小小农舍里，光线黑暗，不管冯四在与不在，地上的木桌永远踱着方步朝某个方向走着，挂在墙上的镰刀永远在收割着一个秋天的麦子，倒挂在屋顶的锄头永远锄着一块禾田里的杂草，斜立屋角的铁锨永远在挖着一个黑暗深邃的大坑……这是看不见的劳动。我们能看见的仅仅是：锨刃一天天变薄变短了，木把一年年变细。仿佛什么东西没完没了地经过这些闲置不动的农具，造成磨砺和损失。

在黄沙梁，稍细心点便会看到这样两种情景：过日子的人忙忙碌碌度过一日——天黑了。慵懒的人悠悠闲闲，日子经过他们——天黑了。天从不为哪个人单独黑一次，亮一次。冯四的一天过去后，村里人的一天也过去了。谁知道谁过得更实在些呢。反正，多少个这样的一天过去后，冯四的一辈子就完了。黄沙梁再没有冯四这个人了。他撇下朝夕相处的一村人走了。我们埋掉他，嘴里念叨着他的好处，我们都把死亡看成一件美事，我们活着是因为还没有资格去死。

在世上走了一圈啥也没干成的冯四，并没受到责怪，作为一个生命，他完成了一生。与一生这个漫长宏大的工程相比，任何事业都显得渺小而无意义。我们太弱小，所以才想干出些大事业来抵挡岁月，一年年地种庄稼，耕地，难道真因为饥饿吗？饥饿是什么？我们不扛一把锨势必要扛一把刀、一杆枪或一支笔，我们手中总要拿一件东西——叫工具也好，武器也好；身体总要摆出一种姿势——叫劳动、竞争或打斗。每当这个时候，我便惊愕地发现，我们正和冥冥中的一种势力较着劲。这一锄砍下去，不仅仅是砍断几株杂草，这一锨也不仅仅翻动了一块黄土。我们的一辈子就这样被收拾掉了。对手是谁呢？

冯四是赤手空拳对付了一生的人。当浩大漫长的一生迎面而来时，他也慌张过，浮躁过。但他最终平静下来，在荒凉的沙梁旁盖了间矮土屋，一天一天地迎来一生中的所有日子，又一个个打发走。

现在他走了，走得不远，偶尔还听到些他的消息。我迟早也走。我没有多少要干的事。除了观察活着的人，看看仍旧撒欢的牲口。迟早我也会搁荒一块地，住空一栋房子，惹哭几个亲人。我和冯四一样，完成着一辈子。冯四先完工了。我一辈子的一堵墙，还没垒好，透着阳光和风。

偷苞谷的贼

我跑去时天开始黑了,还刮着一股风。破墙圈上站着许多人,都是大人。我在村里听见这边嗷嗷乱叫,就跑来了。路上听人说抓住一个偷苞谷的贼,把腿打断了,圈在破牛圈里。喊叫声突然停住,墙圈上站着的那些人,像一些影子贴在灰暗的天幕上。

偷苞谷的贼蜷缩在一个墙角,一条腿半曲着,头耷拉在膝盖上,另一条腿平放在地,像在不住地抖。他的双手紧抱着头,我看不清他的脸,只感到他很壮实。

我找了个豁口,想爬到墙上去,爬了两下,没上去。这时天很快全黑了,墙圈上的人一个一个往下跳。我至今记得他们跳墙的动作,身子往下一躬,一纵,直直地落下来。

他们跳下来后,拍打着身上的土,一声不响从那个大豁口往外走。我看见墙上没人了,也赶紧跟着往外走。

"刘二,你把这个豁口守着,别让偷苞谷的贼跑了。"

喊我的人是杜锁娃的父亲。我常和他家锁娃一起玩。他们家

123

住在沙沟沿上,和胡木家挨着。我还在他家吃过一次饭。我一直记着他对我说话的口气,不像对一个孩子,像是给一个大人安排一件事。我愣在那里。

见我站着不动,他三两步走过来,两只大手夹住我的腰,像拿一件小东西,很轻松地把我夹起来,放到那个豁口中间。

"这样,手伸开挡住,不能把贼放跑了。"

他把我的胳膊拉直,我像个十字架一样立在那里。他好像看出我的胳膊伸得一高一低,又轻轻把一只胳膊往上托了一下。然后我听见他们离开的脚步声越来越远,消失在村子里。

一连几天,我躲在家里不敢出门。大人们下地后,我一个人待在院子里,脸贴在院门缝往外望,一有人走近便赶忙藏起来,像个贼一样不敢出声。

他们肯定要来找我的麻烦,我想。我也没敢把这件事告诉家里人。

我把偷苞谷的贼放跑了。

我以为他们回去吃饭了,很快就会回来。我很听话地站在那里,一动不动。偷苞谷的贼像一块黑乎乎的东西堆在墙角,只能模糊地辨认出一点轮廓。我不眨眼地盯着他。刚才那股风似乎刮大了一些,风把墙上的土吹下来,直眯眼睛。我正好站在一个风口上,身体不住地摆动着,衣服刮得直抖,却听不到一点声音。

不知这样站了多久,月亮出来了,黄黄的一个脸,探出墙头。

我吓了一跳,以为是一个人。

偷苞谷的贼动了一下,月光正好照清楚他的半边身体。我至今记得他那件紧裹在身上的上衣,袖口短半截子,肩膀处撕烂了一片,月光落在上面,像撒了一层土。

他先放下一只手,摸了摸那条平躺在地的断腿,接着用另一只手扶着墙,很吃力地站起来。

我始终没看清他的脸,他低垂着头,像在看着他那条拖拉在地上的断腿,又像在看地上的什么东西。在我多少次的回想中,他是个没头的人,我想不出他那颗头的形状,他的脸深埋着,头发融在夜色中,肩膀之上是一片黑黑的夜空。

他站稳后也没抬头看一眼,便径直朝豁口处走过来,走得很慢,却很坚定。随着身体一倾一斜,那条好腿一下一下地捣着地。我像被钉在那里,伸开的胳膊一只也放不下来,也无法转动身体。我恐惧地看着偷苞谷的贼一瘸一拐走过来,想喊叫,却叫不出声。眼看他就走到跟前了,我突然像从什么力量中摆脱出来,一转身,拔腿飞跑起来。跑了一阵才意识到,两只胳膊还直伸着忘了放下来。

我发现自己跑进一条幽暗的巷子里,两旁是一幢一幢的黑房子,没一点灯光。我认出这不是我们家住的那条巷子。我刚才一着急把方向跑反了,我回过头想往另一条巷子跑,突然看见偷苞谷的贼已经追上来,离我很近了。他依旧埋着头,身子一倾一斜的样子更加吓人。

"偷苞谷的贼跑了。"

"偷苞谷的贼跑了。"

············

我吓了一大跳,不敢相信是我喊出的声音。我边跑边喊。那个夜晚人们睡得特别早,也特别死,我喊了多少遍,嗓子都哑了,没喊醒一个人。连一条狗都没叫醒。

偷苞谷的贼似乎加快了步子,我听见他一只脚捣地的声音越来越急,也越来越有力。我跑几步便回头看一眼,每次都觉得他更近了。

至今我记得那个夜晚仓皇跑过的那些人家的房子:陈元家的房子、张天家的房子、胡学义家的房子……白天我多少次经过这些房子,门口蹲着人,墙根卧着狗和牲畜。我无所事事地走着,边玩边走,不时伸手折一根路边的柳树条,抬脚踢一下路上的土块和驴粪蛋。我认识每一户人家的大人和孩子,熟悉每个院子的每一间房子。他们也都知道我是刘家老二。有时我被陈元家方头喊住,在他家院子里玩一上午。有时在胡学义家墙根蹲一下午,和胡小梅玩抓石子。胡小梅的手指细长细长,她一手背能接住七个石子。我玩不过她,却喜欢跟她玩。她家黑狗也认识我,见了我便亲热地跑过来,让我摸它的脊背和脖子。夜里这些人家全不一样了。我似乎错跑到另一个村庄,所有的门紧闭,窗户黑洞洞的。奔跑中我还急促地敲了丁树和李一棵家的门,一点回应也没有。眼看我要跑出村子了,剩下最后一户人家的房子。我已经看见村边那片黑森森的苞谷地，一条小路从中间穿过去。过了苞谷地再过一个沙沟，就是闸板口村了。偷苞谷的贼好像是闸板口村的。

我又急又害怕，再跑下去，我就被偷苞谷的贼追赶着跑进苞谷地，跑过那个沙沟，一直跑到闸板口村了。

就在这时，月亮钻进云里了，身后的脚步声也像暗了下去。我一扭身，躲到路旁一垛柴火后面。

这垛柴火全是红柳，枝条不规则地乱扎着。我不小心碰到一根，弄出一阵干炸炸的响声，我想偷苞谷的贼一定听见了。

我猫着腰，屏住气等了好几分钟，才看见偷苞谷的贼从柴垛旁过去。他过去的时候，好像扭头看了我一眼。我看不清他的脸，只感到一股目光落到身上，像被浇了盆凉水一样，浑身的汗毛全竖了起来。我想他会转到柴垛后面找我，却没有。他几乎没停顿，一瘸一拐地走了过去，钻进那片苞谷地里不见了。

我直起身，村子里突然一片亮光。好多人家的窗户都亮了。到处是开门声、说话声。

"出啥事了？刚才谁在喊？"

"好像是个孩子。"

我听见许多人走到路上，相互询问，突然又害怕起来，不敢过去跟他们说话。我蹲在柴垛后面，一直等他们回到屋子，灯一家一家灭尽。

很多天过去了，没有一个人来找我。我在家里躲得没趣，想

127

出去找个人把这件事说清楚。村子里不停地刮着风,人都像被风吹乱的影子,这儿那儿,破破碎碎的。不知怎么了,那年秋天,我记住的人都薄薄的,像一张纸,风一刮就动起来。我在村里转悠了半天,也没人理我。人们都忙着什么事,往东走的、朝西去的、照北跑的,碰到一起又分开,越离越远,回来又出去,没有一点秩序,看不出他们要干什么。像一场没做好的梦,乱乱的。

一天早晨,我看见杜锁娃的父亲牵着牛正准备下地。我故意绕到他前面,站在路旁等他走过来。我想他肯定会问我。是他安排我看偷苞谷的贼的。

杜锁娃的父亲一只手扛锨,另一只手拉着牛缰绳,走到跟前时漫不经心地看了我一眼。我低着头,等他问那件事,他已经牵牛走过去,像从没发生过什么似的。

我见他过去了,紧走两步追上去。

"那个贼跑掉了。"我说。

他扭过头看着我。

"偷苞谷的贼。"我又大声说一句。

他瞪了我一眼,转身吆喝了一声牛。接着我听他嘟囔说:"苞谷早收掉了。哪儿还有苞谷。"

我一下愣在那里。

许多年,许多事情或许都没有发生,但被我经历了。我很小的时候，人们都背着我干了些什么。从我八岁到三十五岁的二十七年里，被他们打断腿的一个人，一直在梦中追我，我跑不过他。一个梦中我逃脱了，远远地甩掉了他。另一个梦中他又追了上来。他的一条腿拖在地上，另一条腿一下一下地捣着地。随着我一年年长大，我想我再不会怕他了。下次梦中遇到他我一定不会逃跑，我会双手叉腰站着等他走到跟前，我要看看他到底是谁，他的腿又不是我打断的，我为啥要吓得逃跑呢。可是，我一直都没长到那个断腿男人那样壮实。在一场一场的梦中，我依旧被他追着跑。一开始是在村里那些幽暗的巷子里奔跑，除了身后一瘸一拐的断腿人，再碰不见一个人，也没一点灯光。我在恐惧和绝望中跑过一幢幢熟悉的黑房子。

后来就到了荒野上，我漫无边际地奔逃，断腿人像一截摇晃的木头在身后紧追不舍。

再后来，梦境移到了一个小镇空荡荡的街道上。我从街道一头往另一头跑。我不熟悉两旁的高房子，不敢躲进去，只是拼命奔跑。

在多少次的奔跑中我都想找到那垛柴火，躲到它后面去。我试着躲在一堵破墙后面，钻进一间没人的空房子，都被断腿人找见了。他不抬头，却总能看见我跑到了哪里。在我的下意识中，只有那垛柴火能救我，却一直再没找到。

这样的梦一直延续到我进入乌鲁木齐，以后再没梦见那个偷苞谷的贼。

我相信自己已经摆脱他了。我远离了那片地方。他瘸着腿,一定跑不到这么远的城市。即使跑来了,也难以找到我。我觉得自己真正长大了。尽管依旧没长到那个断腿男人那样壮实,却长到了跟他一样大的年纪,而且一年年地超过了他(在我的梦里,他一直都是那个年龄,四十多岁或者五十岁的样子)。

多少年后的一个下午,我正在街上行走,我的一条腿突然疼痛起来,好像一下子不是我的腿,我的身体不认它了,狠劲往外推、撕扯,要把它扔掉。我不知道身体中发生了什么。但我知道它迟早要出点事。我跑了那么多路,走了那么多地方,也早该把腿跑坏一条了。只是我不知道腿坏了会是这种滋味,它牵动了全身,我有点站不稳,转头望望,街上的人一个也不认识。多少年来我天天见的一街人,却一个也不认识。

我扶着电线杆站了一会儿,浑身冒汗。这条腿已经疼得不能着地,想找个人帮我一把,又不知去找谁,我认识的那些人,他们远在黄沙梁。我只好拖着一条腿,一瘸一拐往回走。走在我前面的是一个大人和一个小孩,他们刚从我身边超过去。那孩子七八岁的样子,每走几步便回头看我一眼,他似乎想帮帮我,又不敢停下来,好像有点害怕我,我紧走几步,他也加快步子。我慢下来,他也慢下来,不住地回头看着我。我觉得奇怪,走着走着,我一低头,突然看见自己——多年前,那个偷苞谷的贼就是以这副样子在追我。

我下意识地回头望了望,什么都没望见。街上的人黑压压地晃动着,像一片风中的苞谷地。

我紧走几步,突然又一阵剧痛,感到一个人粗壮的身体正穿过我,从我身体的骨肉缝隙硬挤了过去。

那个偷苞谷的贼,他还是追上了我,把他的一条坏腿扔给我,换上我的一条好腿跑掉了。

修门

我十四岁那年的夏天，有一天早晨，父亲吩咐我修一个院门。他只告诉我木头在房顶上呢，让我拣好的用，便扛着锨头也不回地下地去了。

修院门这件事在我们家已嚷嚷了好几年，从我记事起，所谓的院门便是院墙上一个不规则的豁口，常年敞开着。那时院子里除了几棵谁也拿不走的歪树，便是几堆干草和柴火。后来逐渐有了些像样的东西，比如父亲从什么地方砍来的几根木头、用刺条编的几片檾，还有一头牛……这样到了晚上豁口处便一上一下地横起两根木头，象征性地算是门。因为啥也挡不住，免不了常丢东西。为此母亲早就嚷着让父亲修个院门，父亲总是找出许多理由推托。

父亲是个很懒的人，他一生只干了一件勤快事——收养了我们五个孩子，我们叫他养父，他又和母亲生了两个孩子，总共七个儿女。尔后他便偷起懒来，把能拖延的、能搁下的事一件件都留给了他迟早会长大的儿女们。

没想到修门这件事会这么早落到我身上。那时的我,并不理解父亲的真正用意。父亲一直留着这个院门,并不是他没时间去修,也不是有意要偷懒。修门是个很有象征意义的活,父亲把它留给了儿子,他要从儿子身上看到这个家族以后的兴衰和前景。

十四岁的我,怎么会领会这些呢?

我只觉得这活好玩。

我和了一堆泥,土块是现成的。动手砌门墩时,为院门的宽窄我还思量了一阵。那天家里好像只剩了我,门口的马路上也没有一个过路人。忽然感到我要独自完成一件事情,心里没底,却又找不到一个可以帮忙的人。

院门快修好时,过来两个扛锨的人,他们在门口停住,指指点点说了些什么。我停住活,小心翼翼地走过去,我想问问,门墩是不是砌歪了。我走过去时,他们扛起锨走了,像有意躲开了我。

当时我心中似乎只有一个原则:门要挡住什么,又不能把该进门的挡在门外。我先想到了父亲。家里父亲最高大,万一院门修窄修矮了,父亲进自家的门都要低头侧身,那就太委屈他了。我没想到家里还有更高大的一头黑母牛,尽管院门修好后,比当时估计的稍宽了些,并没把母牛拒之门外,就是它在怀孕时,也能挤扁肚子走进来。但我当时确实欠考虑,只是大概量好间距,砌了两个厚实的门墩,我干得很仔细,放了许多座泥,让土块之间黏合得没一丝缝隙。

顺便说一句,我是挖路旁林带边的土和的泥,十多年后,当我站在已成废墟的这片宅院上时,还辨认出我当初和泥巴时挖的这个土坑,它使整齐的林带边沿向内凹下去一块。我记得每次浇灌林带的水淌到这里,都会先流进这个凹坑,淌满后才会缓缓朝前流去。

接下来是修门楼,我提着把斧子,在柴火堆里挥砍了一阵,修整出十几根棒棒棍棍,我没舍得用房顶上的大木料。我爬到房上,看见平躺在房顶上的几根又粗又直的大木料,没敢动。它们看上去有些朽了。那是父亲盖这院房子时没舍得用的几根木头。年轻时的父亲,用手头仅有的一点钱和材料,很随便地盖了一院土房子。他原想,用不了几年,他就会把这些土房子拆了,起一院高大漂亮的砖瓦房。父亲抱着这个想法,没舍得用一根好木头。如今几十年过去了,我们还住在这院低矮破旧的土房子里。那时放歪的一根檩子,依旧歪斜地横在房梁上,那时砌剩的半堵墙,还残缺地立在那里。多少年来,父亲非但没建新房,甚至没给旧房子添半块土坯,抹一把泥⋯⋯

太富于幻想的父亲,那时候想到了隐在岁月中的、像时光一样不断涌来的巨大财富。否则他会把这院房子盖得更高大结实些,至少让这几根好木头充梁作栋,而不是白白地躺在房顶上晒几十年太阳。

父亲肯定早意识到自己的失误,他或许无数次爬上房顶,看着他留下的这几根好木头一天天腐朽而深感痛心。他想让我用掉它们。他吩咐我用房顶上的木头,也是在暗示我修一个阔大的院门。

我却让父亲失望了。

半晌午的时候,父亲下地回来,我正爬在门楼顶上抹最后几把泥。我看见父亲站在院门外端详了好一阵,一脸的阴沉,然后一句话不说进屋去了。

显然父亲对这个院门不满意,我却不知道他不满意在什么地方,是门墩砌歪了,还是门楼修得不好看。

不久后的一天,我坐在对门韩四家的墙根晒太阳,隔着马路认真地端详了自己修的院门,才发现门修小了。偌大的宅院不协调地配上这个鼠头鼠脑的小院门,显得多么滑稽可笑,就像童话世界中的一个地方。我却不知道这个小院门会影响到家族的前景。

不管怎样,家里总算有了一个可以关住的院门。父亲下地回来,开始很放心地把铁锨立在院子里的一个墙角,而不是像以前,一到天黑就赶紧拿进房子。母亲也渐渐习惯于把一些不紧要的小家什放在院子里。尤其到了秋天,院子就成了打谷场,玉米棒子、甜菜,还有草堆得到处都是,连人都走不过去。到了晚上,临睡觉时,家里总会有人问一句:"院门顶住了没有?"油灯吹灭后黑黑的屋子里总会有一个人答应:"顶住了。"

看来,这个小院门并没把一年年的丰收挡在门外,多少年来多少大大小小的东西,都是通过这个小院门搬进家里的。

有时父亲在往里扛一捆柴或一麻袋麦子时,会埋怨门太小。有一个早晨父亲发现盗贼进了院子,只拿走一点不值钱的小东西,值钱的大东西一件没少时,他也略带庆幸地说了一句:"幸亏院门小,大东西不好搬出去,要不然损失就大啦。"

在我的印象中,家里人很快就习惯了这个小院门,包括父亲,也对日日必须进出的院门习以为常。一次我看见他跟本村的一个人谈一笔交易。那个人想用自己的马车换我们家的五只母羊。父亲一直想拥有一辆马车。我从他们的谈话中听出父亲已经同意了这笔交易。后来,当父亲考虑到这辆马车太宽,进不去院门时,便毫不惋惜地放弃了。

父亲并没有因为一辆自己喜爱的马车而拆掉这个阻碍他的小院门。其实我们家的牛车从来没有从这个门进过院子,它停在东边的柴垛旁,那是另一重院落,由牛圈、羊圈、猪圈和柴垛围起来,连着屋后面我们家的一段路。牛车拉回的柴火和草,都从那里进来。东边的院子没有全围住,但是我们不担心,那里有狗窝,有高大的柴垛、草垛,好似它们能把自己守住。我们主要的防护方向在西边,西门出去是马路,天从西边黑,夜里黑黑的马路上,响起让我们担心的脚步声。多少个夜晚,我修的院门阻挡住它们。

以后的许多年里,家里没有谁提出重修一个更大些的院门。它已成为我们家不可或缺的一部分,一个象征。

也许正因为这样,在我的成长过程中,院门始终是一块无法言说的心病,尤其在知道父亲让我修院门的真正用意之后,我愈

139

加觉得自己干了件不成功的事情。每当家里遇到不顺或不愉快的事时,我都会敏感地想到这个小院门。是否我们家的前景和命运,真的在那个上午,被未成年的我无知地前定了。

我曾在后来的一个梦中,梦见我雇用的匠人们正在修大门,比房子还高的大门,能驶进汽车的大门。我雇用的匠人个个技艺高超,想到一百年以后的事情,黄铜啊铁啊油漆啊堆了一地。

醒来后我又想起我修的那个院门。

也许年幼无知的我,真的把家门修小了。直到我们家搬出这个院子时,家里竟没有一件大过院门的贵重东西。是那些贵重的大东西都被这个小院门挡在外面了,还是家里人在添置家什和财物时,都考虑周到地从不把大于院门的东西弄回家,免得进不了院门。

但是,我们兄弟几个却在这个院子里长大了,先是老大,接着是我、老三、老四……一个个高高大大地立了起来。这种长势,是无论什么也无法影响和阻止的。

后来我离开父母有了自己的家,也圈了一个院子。从砌院墙到修院门,都是我亲手干的。我无法把这些活留给我的儿女。那时我正准备结婚,尽管还没有一件值钱东西可以放在院子里,但我想到了这个院子里以后会堆满属于我的东西。我用砖和水泥砌了两个相距三米远的高大门墩,在上面横放了一块结实的钢筋水泥板。我还准备修一个别致大气的门楼。因为当时没有材料便搁下了。——门墩修好的一两年里,我都没能力定做两扇像样的门面，把这个空旷的大门关住。

大门修好后，我特意把父亲接来，我想让他老人家看看这个院门修得够不够大。我希望他能夸我一回。

这时的我，或许同样不能懂得父亲。我二十四岁。十年时间并不能使我长大到足以和父亲对视的地步。到了父亲这个年纪，门在他的生命中也许已经变成另一种东西。每当我看到他袖着手，紧掖着棉衣行走的样子时，就会感到父亲的四周洞开着许许多多的门，它们透着阳光，也透着寒冷和风，父亲已无力关住任何一扇门，他能做到的只是把自己的衣襟掖得更紧。父亲在一个村庄里走遍一生的山山岭岭。那些远远近近的门，都对他洞开了。他感到透彻洞明的同时，也感到了寒冷。父亲现在渴望的，只是一扇能够关严实的小门。

许多年后，当我回来时，我们家的院子只剩下孤孤的两间破房子，院墙早已不在，唯独我修的门楼还孤立在那里，空旷而孤独，曾经跟它连在一起的院墙房屋都倒塌了，它挺立着，让阔别多年的我怆然走进去——走进满是断墙荒草的家园旧址。它再挡不住什么，无论进来的还是出去的。能走掉的，都从这里走掉了——家里的人、家畜、炊烟、柴火和人声……这个院子里的生活中断了，它们移到了另一个宅院里。荒草涌了进来，从院门，从倒塌的院墙外。

我转了一圈，从空旷的院门出去，站在路对面韩四家的一堵破墙下回望这个院门时，第一次感觉到它不小，也许是曾使它显小的那些院墙和房屋都消失了，它独立地存在着，跟以往的一切都没有了关系。

离开时，我预感到这个院门还会耸立许多年。其一，不会有人为门楼上的几根细小木棍去拆掉它。其二，再不会有比一个家更大的东西经过这里。

它将成为一扇荒野中的门。

进出的只有时间和风。

大地落日

有好些年，我像个贼一样在黄沙梁四周转悠，从各个侧面窥视着这个村庄，却很少走进去。我曾因各种各样的事由，去过它周围的每一个村子，我在那里向村人们打问黄沙梁的事情，时不时地问起一个人。那时候，这一带已经没人能认出我了，我过早地谢了顶，露出荒凉的大脑门。

那是我一生中最闲散的一个时期，我在离县城约五公里的城郊当农机管理员，因为农机都分给了私人，没什么可管的，一年一年地无所事事。好像写了一些诗歌，有时脑子里朦朦胧胧出现一些人和事情，便写了下来。后来写得多了，才发现所有这些人和事情都是在一个村庄里的，这个村庄我是那么熟悉却又不能全部看清楚。它深埋在我记忆的无边长夜里，黑黑的一大片。有时某个角落突然亮起一盏灯，我便看见一两间似曾见过的土房子，一段许久未走的路。有时好像月亮出来了，隐约照出村庄的轮廓，模模糊糊的人，一群一群的，来了又去。田野里的庄稼也是黄了又青。我理不出头绪来，只是一节一节地记下我能看到的。我给我诗歌中的这个村庄起了个名字：黄沙梁。

那时我有一辆深绿色的破旧幸福250摩托车，也许是不愿让这辆车闲着，便经常骑着出去。刚买来时，我担心这辆车跑不了多远，会坏在路上，只在附近的村镇转转。跑了一段时间，竟一点问题没有，速度放到一百二十码车身还稳稳的，发动机也没有杂音，便放心了，开始往远一些的村庄里跑。有一次它果真坏在几十公里外的一个村庄附近。我本来是到前面的那个村子，到了之后发现前面还有一个村子，隐隐约约的几间房子，一条便道穿过田野伸向那里。

"前面那个村庄叫啥名字？"我问一个扛铁锹的男人。

"没有名字。那不是一个村子，只是几户人家，以前全是我们村里的，不知道咋回事，住着住着就跑到那里去了。"

车在坎坎坷坷的土路上行驶，没法跑快。显然那几户人家不经常出来，连路都没踩平踏瓷实。道两旁忽而一片玉米、一片麦子，忽而又是一片荒草，长得和庄稼一样高，一样茂密。

摩托车就在离那个庄子四五公里处，突然没声音了，车子滑行了几米，被一个土坷挡住。我下车踩了几脚启动曲杆，只听见突突几下排气声。我以为路颠，把哪根线路颠断了，卸开引擎壳鼓捣了半天，一点毛病没发现。路上看不见一个人。天气闷热，两旁一人高的庄稼和草把风全挡住了。我估摸了一下，前面的那个庄子似乎更近一些，便推着车一步一步走去了。

那个扛铁锹的人说的没错，这的确不能算一个村子，几户人家散落在一片荒野上，一户不挨一户。房子间甚至没有一条像样的路，野草穿过庄子，和前后的草滩连成一片，几块不大的庄稼地陷在辽阔的草滩中间。

我把摩托车推到最头上那户人家门前，车支稳，敲了敲门，没人应。门开着一条缝，我推了一下，把头伸进去，看见一个大男人横躺在炕上，面朝墙侧睡着，像一道高大的埂子。

"有人吗？"我把头缩回来喊了一声。

里面有了动静，像是下炕穿鞋的声音。接着门被拉开，那男人弓着腰出来，看了我一眼，直起身子。我吓了一跳。这么高大的一个人，高出我半截子。我说："我的摩托车发动不着了，你能不能帮我修一下？"我说话的声音都有点抖了。

"什么，摩托？"那男人看看我又看看车。

"我见都没见过这东西，咋给你修。要是你的铁锹把子坏了，我倒能帮你换一个。"

我也觉得自己的话可笑，对他笑了笑。

我问他要水喝，他指了一下门前那口井。

我推车走了一个多小时，浑身发软。

井不太深，摇着辘轳往下放桶时，我看见井底水中那个探头朝上望的自己，一副狼狈相。

后来我花二十块钱，请这个男人用他的牛车把我和摩托车一块拉到三十公里外一个叫炮台的小镇。那男人太有劲了，一个人就把一百多公斤重的摩托车抱到牛车上，我在牛车上面想帮一把都没搭上手。牛车走动时我一抬头，看见东北边的一道沙梁，觉得那么眼熟。尤其沙梁顶上的曲线，那波浪形的延伸中猛地凹下去一块，齐齐的，像被挖掉了似的。我曾在什么地方多少次看见太阳从这样一个沙梁的凹口处一点点地沉落下去。当太阳剩下半块椭圆时，它所有的光线从那个凹口直射过来，将沙梁的轮廓镀成金黄色。这时能看见空气中密密麻麻的尘埃。夕阳平照在人腿上，照在牲口的肚子和阴囊上。照在向西洞开的那个阴深窝棚里静卧的一条狗身上。漫天的尘埃飘落。人匆忙回家。地上乱七八糟的影子忽闪忽闪……有人举着鞭杆，清数归圈的牛羊，数到三十八或五十七，发现多出一只。赶出圈，再数一遍，又多出一只。有人从一个房子走到另一个房子，要吃饭了，看看她的孩子是否全都到齐，是否有一个孩子正在回来的远路上，拨开层层尘埃，他赶不上这顿饭了，他到来时所有的饭都已冰凉，月光照在厚厚的黄土上。有人爬上房顶，看见远处自家的一地玉米摇摇晃晃，像是有人钻进地里，把快要长熟的玉米全都掰光。

　　还有一个人，一动不动坐在村边的渠沿上，看太阳落地。身后的村庄一片昏黄，一片动荡。再过一小会儿，太阳便全落尽了。一个村庄的一天全结束了。明天，早起的人和牲口还会将落下的尘埃再踩起来，踩得满天空都是。还会有那么多人劳忙到日头落地，还会有一个人，坐在村边的大渠沿上，一动不动看着日头落地，就像看着自家的一只羊进圈，一个亲人推门进屋。在好些年里，好像谁安排了他这样一件事情。

"沙梁那边是啥地方？"我问。

"黄沙梁。"那男人头也不回地答了一句。他已把牛车赶到了路上。

果真是黄沙梁。

其实我一开始就感觉到沙梁那边肯定是黄沙梁。我已经闻到它的气味了，只是不敢相信。怎么我往哪儿走最终总会走近黄沙梁。以往我对这片地方一无所知，那道沙梁挡住了我。它使我没能看得更远，却因此看清楚了眼前的一切。

不知这几户人家的黄昏该是怎样的景象，太阳每天会落到西边的哪个地方。是那片玉米地后面还是那片大草滩尽头的几枝芦苇中间。确切的位置只有这个庄子里天天看日落的那个人能说清楚。这个庄子还没忙碌到抽不出一个人来看日落吧。

我和赶牛车的男人只在上路后不久说了一会儿话。他不愿多说话，我问一句，他答一句。我不问时，他便只顾赶车，好像对我没啥可说的。到后来，我也觉得对他没啥可问的了。

从断断续续的答问中我听清了他之所以住在那片荒地上，是因为他的地分到那里了。分地抓阄时他手气不好，抓了一块最远处的地，离村子十几公里，下地去干活半晌午才能走到地里，干不了几下就得赶快往回走。

"所以我把房子搬到了地边上。地是人的饭碗，人跟着地走才有吃的。"

不知其他那几户人家又因为什么把家安在了荒地上，也是跟着地走到这里的吗？为什么没有东一户西一户走得远远的，而是最终走到一起，聚成了这个只有几户人家的小庄子。它旁边的大村落又是怎样聚成的。什么力量把大地上的人家都攥成了一堆一堆的，小的是遍布田野的村村镇镇，大的是耸立其中的庞大都市。

我再没问那个男人，我怕打扰了他的沉静。也怕打扰了路两旁静静长着的草和庄稼，它们不需要我们说话。土地上的事情真是问不完也说不尽，我们不问不说时它只有一件事，像土地一样辽阔完整。

之后的时间里我和那个男人都没吭声。那男人坐在左边的车辕上，手里拿着根牛鞭，却不用它。我坐在右侧的车厢板上，一只手扶着摩托。那头牛也是默不作声地走着。田野里没有一丝风，草和庄稼也都不摇不响。偶尔从远处村庄里传来一声狗叫，声音听着怪怪的，歪歪的。我想，谁要在这时刻不知趣地说句话，也会像那声狗吠一样滑稽可笑的。

牛车摇晃到炮台小镇时已是黄昏，太阳落到西边的三棵树后面。炮台小镇看上去只是个稍大些的村子，一条短短的土街两旁围着些土房子，人也稀稀拉拉的。从小镇这头能看到那头的庄稼地和荒滩。我给那男人掏了二十块钱。他伸手接钱的一瞬，我突然为这只手和这个高大的身体感到惋惜。他应该干别的事。该干别的什么事呢？可能干啥事最后都糟蹋了这架好身骨。

我在小镇上住了一宿，小镇上没有修摩托车的，只有一个补轮胎的小铺子。第二天我又花了三十块钱，让一辆去县城拉货的拖拉机把我和摩托车一起拉到七十公里外的县城的一家修理铺。师傅是个精瘦的矮男人，他让我卸开引擎壳，头伸上去看了一眼，用螺丝刀拧了一下，然后一脚就把摩托车踩着了。

一趟旅行就这样结束了。发生了这么些事情，又好像什么都没发生。坏掉的车修好了，花掉的钱正在挣回来。我又回到城郊乡农机站那间空大的办公室里。生活宁静得就像坐牛车去炮台镇的那段路程。总是走不到，总是慢慢地在走。但有件大事发生了。在牛车走进炮台镇的前一刻，它发生了。在之前之后的每一天它都同样地发生了，却很少有人注意。

那一刻我突然扭头看着赶车人。

"太阳要落了。"话到了嘴边又被我收住。这句话在我腑内强烈地震荡着，我没有说出它。这是一句话。我说不说太阳都要落了。赶车的男人只是看着前面的路，或许什么都没看。只是脸朝前坐着。太阳落到牛车后面，他一眼不看。只是我在看。我没什么可看的，除了就要落地的太阳，除了整个下午都在缓缓沉落的太阳。我不清楚，此时此刻天地间还有比这更大的事情吗？我只知道太阳要落了。它就要落了。

这是别处的一次落日。在苍老古怪的三棵榆树背后，落成另一种景象。太阳落地的声音在一个赶路人心中,发出"轰"的一声巨响,像一整天的时光坠落到土里。赶车的男人听不见。太阳在他身后落过无数次,它每天都落,所以不算啥事了。可是,每天的太阳都落了。都落了。这不是大事吗?

野地上的麦子

好几年，我们没收上野地上的麦了。有一年老鼠先下了手，村里人吆着车提着镰刀赶到野地时，只看见一地端扎的没头的光麦秆，穗全不见了。有两年麦子黄过了头，大风把麦粒摇落在地，黄灿灿一层，我们下镰时麦穗已轻得能飘起来。

麦子在大概的月份里黄熟，具体哪天黄熟没人能说清楚，由于每年的气候差异和播种时间的早几天晚几天，还由于人的记忆。好多年的这个月份混在一起，人过着过着，仿佛又回到曾经的一些年月里，经过的事情又原原本本出现在眼前。人觉得不对劲，又觉得没什么不对劲。麦子要熟了，每年要熟一次。仿佛还是去年前年被人割倒的那些麦子，又从黑暗中爬了起来，一步一步走到这个月份里。

那时正值玉米长到一人高，棉花和黄豆也都没膝，村子被高高矮矮的庄稼围着，连路上都长出草和粮食。

一条路隔段时间没人走，掉在路上的麦粒、苞谷豆、草籽……就会在一场雨后迅速发芽，生长起来。路上的土都很肥沃，牲口边走边撒的粪尿，一摇一晃的牛车上掉下的肥料和草，人身上抖下的垢甲，凡从路上拉来运去的东西，没一样不遗落一些在路上。春播一过，路往往会空一阵子，有些路就是专门通向一块地的，这块地里的活干完了，路也就没人走了。等过上一两个月，人再去这块地里忙活，才发现路上已长满了作物，有麦子、玉米、黄豆，还有已经结上小瓜蛋子的西瓜秧，整条路像一条绿龙，弯弯曲曲伸到人要去的那地方。人在路头愣望一阵，想他们麻袋上的小洞、车厢底的细缝，咋会漏掉这么多种子。人实在不忍心踏上去，只好沿路边再走出一条新路。

麦子成熟的香味就在这个时候顺风飘来，先是村西边的人闻到。麦子快要熟了。嗯，是麦子熟了。打镰刀的王铁匠锤停在半空，愣了一下，麦香飘过他的铁炉的一瞬被烤熟了，像吃了口新麦锅盔的感觉。编筐的张五突然停住正编的一根榆树条，抬头朝天上望。麦子已经熟了，快给村长说说去，该安排人割麦子了。

正往车上装羊粪的韩三扔掉铁叉快步朝村东边走去，新麦的清香拨开浓浓的羊粪味钻进他的鼻孔里。他刚迈出两步，风已经翻过一家家房顶把麦香刮到村东头，全村人都闻到麦香了。

这时候，村长就会派一个人骑马去野地走一趟，看看麦子黄到了几成，哪天下镰合适，以便安排劳力。

有一年人们闻着麦香走向野地,全村一百五十多个劳力,十几辆大车,浩浩荡荡走了一整天,天黑透走到野地,连夜在地头搭棚、支炉灶、挖地窝子。人马疲困已极。第二天一早,人们醒来一看,麦子还青着,只黄了一点麦芒。

麦子成熟的气息依旧弥漫在空气里。是哪一块麦地熟了。有人站在车上,有人爬上棚顶,朝四下里张望。肯定有一块地的麦子已经熟透了。谁也不知道这块麦地在哪里。仿佛是去年前年随风飘远的阵阵麦香,被另一场相反的风刮了回来,既亲切又熟悉。

人们住下来等麦子黄熟。

几天就能下镰了。节气已经到了,麦子不黄也说不过去。最多三五天吧,回去屁股坐不稳又得来。

人们等到第五天,麦子还没黄。

第三天的大太阳,本来已经把麦穗催黄了,可是天黑前下了一场雨,一夜过去,麦子又返青了,跟刚来时一模一样。

第六天上午,磨利的镰刀刃已开始生锈,带来的粮食清油也吃掉八九成。人们拆掉窝棚,把米面锅灶搬到车上。那天天气燥热,天上没一朵云,太阳照到每一片叶子上。一百五十多人,十几辆马车,浩浩荡荡往回走。麦子在他们离去的背影里,迅速地黄透了。

村长马缺也闻到了麦香,每当这个节气,村长马缺都格外操心,一有点风就把鼻子伸长,用心地吸几口气。

有一年,也是这个月份,大早晨,树轻轻晃动,马路上,几头

157

牛踩起的土缓缓向东飘浮,牛也朝东边走,踩起的土远远跑到它们前头。村长马缺站在路边上,鼻子伸进风里,吸了两下,又吸了两下。

什么地方着火了。不像是炊烟的气味。

村长马缺赶紧爬上房,踮起脚尖朝西边望。早晨的炊烟,像一片树林一样挡住视线。炊烟全朝东边弯。村长马缺第一次感到这个村子的炊烟这么稠密,要望过去都有点费力。

村长马缺下了房,快步走到村西头,站到一个粪堆上朝西边望,鼻子一吸一吸地闻了好一阵。是一股很远处的烟火味。它穿过天空和荒野时烟味变薄变旧了,还沾染了些野草、尘沙和云的气息。好像还飘过村里种在西边野滩上的麦地,带了些麦粒灌浆时溢出的青郁香气。

什么东西在远处烧掉了。村长马缺在心里嘀咕。

那以后村长马缺时常在梦中看见一场大火,呼呼地烧着,四处都是火,浓烟滚滚。他辨不清那场火在什么地方。村长马缺一直在担心野地上的麦子会在哪一天烧着。麦子熟透了会自己着。有时远远的一粒火,甚至一颗流星都能把七月的麦地点着。

村长马缺没有把这种担心告诉别人,他一直一个人在心里害怕着一场没烧着的大火。

野地上着过一次火,是在村长马缺出生老早以前。村里王家(也许是刘家)的一头牛不想干活,跑到野地里。那头牛左肩胛一块皮磨烂了,好不容易咬牙熬到春耕完,牛本指望春闲时皮能长好。可是伤口化脓了，不住往外流脓水，成群的苍蝇在伤口处叮咬，做蛹。紧接着又是田管、中耕、拉肥料，牛肩胛疼得厉害，站着不走又要挨鞭子，牛实在熬不下去，便在一个夜晚挣脱缰绳跑掉了。人跟着牛蹄印追到野地，眼前一大片荒草灌木，浩浩莽莽，在里面转了半天，差点把自己丢了。人爬到一棵树上喊，嗷嗷地叫，牛死活不出来。

秋天，人又去了野地，在金黄一片的草木中发现牛的蹄印和粪，说明牛还在里面，找了大半天，野地太大草太深，根本看不见牛的影子。人跑到草滩另一头，放了把火，想把牛烧出来。火着了三天三夜，烟灰顺风刮到村里，房顶院子落了一层。

到底把牛烧出来没有，由于时间久了，许多关于前辈人的故事大都是这样剩下半截子。要再说下去就得瞎编。可是，生活中有意思的事一件接一件，真人真事都说不完，谁有闲工夫瞎编故事呢。直到现在，多少年过去了，越来越多的半截子故事扔在村里，没人理识。我也懒得回想。光自己的事情就够我说大半辈子，我哪儿顾得上说别人呢。

那年派去探麦的人是刘榆木。这是个啥活都不干的人，整天披一件黑上衣蹲在破墙头上，像个驼背的鸟似的，有时他面朝西，双手支着头一看就是大半天，有时尻子对着南边一蹲又是一下午。我们都不知道他在看啥。到底看见了啥。

一个人要是啥都不干，一天到晚盯着一个小地方看上一辈子，肯定能看出些名堂。但我们又不愿意相信刘榆木会看出啥名堂。

他是个懒人，不会比我们知道更多的事情。我们想。

早先刘榆木喜欢蹲在旧马号圈墙上，那堵墙又高又厚实，蹲在上面哪儿都能看见。后来那堵墙倒了。听人说是刘榆木家里人嫌他啥活不干整日蹲在墙上，气愤地把那堵墙放倒了。后来刘榆木蹲到靠马路的半堵破羊圈墙上。那堵墙矮一些，也单薄，却一直不倒。

谁也使唤不动刘榆木。他家每年收多少粮，种几亩地，他从来不管不问。到吃饭的时候他就从墙上跳下来，拍一把屁股上的土，很准时地回到家里。听人说他看着烟囱里冒出来的烟就知道家里做什么饭，饭啥时候做熟。

谁家有急事找刘榆木帮忙，他总是一甩头，丢一句"关我的球事"，便再不理人家。

村长马缺也没想到要使唤刘榆木，他从粪堆上下来，想着派谁去野地看看，一扭头看见蹲在墙头上的刘榆木。

"刘榆木，给你派个活，到野地去看看麦子熟了没有。"

"麦子熟不熟关我的球事。"刘榆木头一甩，不理村长了。

村长马缺瞪了刘榆木几眼，正要走开，又突然回过头。

"给你一匹马，你就把马当成这堵墙骑着，边走边看，也不耽误你看事情，只要把麦子熟没熟给我看回来就行了。"

这一年村里又没收上麦子。去晚了几天，麦子黄焦在地里。

派去探麦的刘榆木根本没去野地。他骑马从村西边出去，在村外绕了一圈,绕到村东头,打马朝沙湾镇奔去了。

他去沙湾镇其实也没啥事情。只是他觉得去野地看麦子更没意思。有啥看的,掰指头一算就知道麦子熟没熟。节气到了麦子肯定会熟。时候不到再看麦子还是青的。刘榆木许多年不问地里的事,他不知道地已经开始变得不守节气。好像太阳绕着地转晕了,该熟时不熟,不该熟早熟的事多了。只是这些事又关刘榆木的啥球事。

天快黑时,刘榆木打马绕到村西头,一摇一晃走进村,给村长马缺丢下一句"还早呢,再有十天才能熟",便转身回家去了,再不理识村长的追问。

其实刘榆木也没走到沙湾镇。沙湾镇比野地更远,去了再赶回来非得走到第二天早晨。他只是走到了自己蹲在墙头上远望时的目光尽头,又朝前望了一阵子就掉转马头回来了。

这两截子目光接起来,足足有六十公里。这大概是村里最长远的目光了。刘榆木想。

村长马缺也没完全信刘榆木的话,他总觉得这个整日蹲在墙头上身子悬在半空里的人不太踏实。没等到十天,也就过了七八天吧,村长马缺便带着人马下野地了。结果还是晚来许多天,麦粒几乎全落到地上,又准备发芽长下一茬麦子了。

事后人们埋怨村长马缺,不该把探麦这么重要的事交给懒汉刘榆木。村长马缺辩解说:"我总不能让铁块烧红正要打一把镰刀的王铁匠扔下锤子去野地吧,也不能叫水淌在地里正浇苞谷的韩拐子收了水口子去探麦吧。更不能让我村长马缺丢下一村子的事亲自跑去看麦子吧。况且,也不是件啥难事。又不用他的手,也不用他的腿和脑子。只用用他的眼睛,看一下麦子黄了没有。刘榆木不是爱支着头傻看吗?看不正是他的特长吗?"

不管怎么说,那年野地上的活又白干了。刘榆木依旧蹲在那截墙头上,像啥事没发生。又一年,我们踏着泥泞春播时从他眼皮底下走过。秋天拉着苞谷回来时从他尻子后面过去。我们懒得理这个人。没心思跟他搭腔。他也不理识我们。有些时候我们已经把他当成一个没用的榆木疙瘩。

这样过了几年,又是几年,一切都没有变化。我们还是一样春忙秋忙,夏天也闲不住。刘榆木也还是蹲在破墙头上,像个更加驼背的鸟,只是头发和胡子更苍白蓬乱,衣服更脏旧。低头看看我们自己,也好不到哪里去。有时我想,仅仅因为刘榆木少干了些活,就把他看成跟我们不一样的人,这样做是不是合适。

原来我们都认为,一个人没事干就会荒芜掉。还是在好多年前,我们就说刘榆木这一辈子完了,荒掉了。说这些话时我们似乎看见荒草淹没到了刘榆木的脖子根。刘榆木没黑没明地在荒草中奔走,走完一年,下一年还是满当当的荒草,下下一年的荒草仍旧淹没到刘榆木的脖子根。"这个人最后就叫荒草吃掉了。"我们说。

后来我们发现其实荒草根本没不到刘榆木的脖子根,连他的脚跟都没不到。刘榆木蹲在墙头上。倒是我们这些忙人没明没黑地在荒草中找寻粮食。我们以为不让地荒掉，自己的一辈子就不会荒掉。现在看来，长在人一生中的荒草，不是手中这把锄头能够除掉的。在心中养育了多年的那些东西，和遍野的荒草一样，枯黄的时候，是不大在乎谁多长了几片叶少结了几颗果的。

心地才是最远的荒地，很少有人一辈子种好它。

那以后野地种没种麦子我记不清了。大概撂荒了几年。村里的事突然多起来，有些人长大了，有些人长老了，乱哄哄的，人再顾不上远处。

又过了些年，有一户人家搬到野地上。"他在村里住烦了。"我听人这么说。却想不起这户人家烦的时候是啥样子，不烦时又是啥样子。他们家住在最东头，西北风一来，全村的土和草叶都刮到他家院子里。牛踩起的土，狗和人踩起的土，老鼠打洞刨出的土，全往他们一家人身上落。

人和牲口放的屁，一个都没跑掉，全顺风钻进他们一家人鼻孔里。

他一生气搬到了野地上。那地方是上风。

我都忘了那户人家姓什么，也没想过我们踩起的土会全落到这一户人家的院子。我们住在上风处，刮风时从不知道把脚放轻些。这户人家搬走后我似乎懂得了一些事情，现在，又忘得差不多了。时间一久，许多事情只剩下一个干骨架子。况且，又刮了许多场风，村里也没一个人闻到住在野地上风处的那户人家放的屁，也没看见哪粒沙尘是他们家牲口故意踩起来眯我们的。

163

再后来，又有几户人家搬到野地，在那地方凑成一个小村子，村名叫野户地。

现在，我们生活的村子再没有野地可种了。

没有野地可种的那些年，麦子成熟的香味依旧在那时候顺风飘来，人们往往被迷惑，禁不住朝野地的方向望一阵。村长马缺依旧会闻到一股浓浓的什么东西烧着了的烟火味。他依旧会站在村西头的粪堆上眺望一阵。在他身后的破土墙上，刘榆木依旧像个驼背的鸟一样蹲着。

村长马缺如果站得稍远些，站在西边或北边那道沙梁上朝村里望一眼，他就会看见梦中的那场大火，其实一直在村子里燃烧着。村长马缺从没有跑到远处看一眼村子。

村里人也从不知道自己一直在燃烧。

这一村庄人的火焰，在夜晚蹿出房顶几丈高。他们的烟，一缕一缕，冒到村庄上头，被风刮散，灰烬落入荒野和院子里。

他们熄灭了也不知道自己熄灭了。

我因为后来离开村子，在远处看见这一村庄人的火焰，看见他们比熄灭还要寂静的那一场燃烧。我像一根逃出火堆的干柴，幸运而孤单地站在远处。一根柴火看见一堆柴火慢慢被烧掉，然后熄灭。它自己孤单地朽掉，被别处的沙土掩埋。就这些。

麦收

昨天午后，拉了高高一垛苞谷秆的拖拉机，突突突从书院门外驶过时，我突然觉得我们院子少了一车什么。书院菜地的苞谷秆稀拉地站了几行，没来得及吃一口青玉米棒它们就老了。刮风的夜晚，苞谷叶子干燥的响声传入梦中。我们忙活半年，似乎只收获了一地干喳喳的风声。

从麦收开始，先是拉麦捆子的拖拉机，一座山一座山地从门口驶过，接着是拉豆秧和苞谷秆的车。

菜籽沟的秋收漫长到下雪，那时坡地上的麦子都要一镰一镰地割，从路上望去，人像小虫爬在坡上，一点点地蠕动，动一天，麦地凹下去一块。扎捆的麦子成行竖摆在麦茬地，远看像一块粗针脚补丁。

从七月到八月，沟里都在收麦子，这个季节找个干活的都困难。前面雇的七个甘肃民工，六月初回家割麦子了，他们把盖了一半的房子扔下，把我们预计八月完工的计划扔下，说要回老家割麦子。

"不回行吗？"

说："不行。"

"为啥不行？这边挣钱，在老家雇人割麦子，不一样吗？"

说："雇不上人，家家的麦子都熟了，谁有空给你干活。"

盖一半的房子扔了半个月，他们一起回来了，回来的时候是黄昏，从拖拉机上下来，个个脸色像饱满的麦子。第二天，他们的身影又晃动在墙头上，还是那些人，接着半个月前那个茬往上垒墙，只有我知道，那个茬再也接不上了，首先砖缝难完全对上，即使后来勾了砖缝，我也一眼能看出他们停顿又续接的缝隙。更重要的是活搁了十几天，房子主人的想法变了，原先定的木头架房顶被钢板替代，木工活被铁活替代，事实上盖出来的房子变成另一栋。半个月前他们因为回家割麦子而耽搁的那个砖混木框架的房子，永远都不会再盖出来。

甘肃的麦子割完了，新疆菜籽沟的麦子才开始黄。坡地陡，收割机上不去，全靠人工镰刀割。一人一天顶多割一亩地，一家种几十亩，就得一个劳力起早贪黑累一个多月。这一个多月书院的其他活耽搁下来，除了那几个回来的甘肃民工，再找不到给我们干活的人。这个季节，哪儿有比割麦子更重要的事情呢，我们只有眼巴巴看他们快快收割，院子里不打紧的活停下来。多好的太阳啊，多好的白云，多好的月亮和星星，我们干等着，看他们收获。我们挖管沟、修路、收拾院子的活，放一年也没事。路不铺也没事。哪儿有比割麦子更大的事呢。

地上收麦子的季节,天上星星月亮都闲着。地上的麦香往星空里飘,那里有一层人,每年这个季节让麦香熏醒,他们眼睛朝下看,跟我们朝上望的目光相遇,仿佛黑夜里面对面走来的亲人。

我在这样的夜晚清闲下来,躺在靠椅上看星星。夜空像茫茫戈壁一样,那些朝黑暗里走远的人,夜夜回头,我在书院的松树下,等候他们回望的目光。迟早我也加入其中,在奔赴无尽黑暗的路上,我夜夜回头,到那时坐在夜空下看星星的人是谁呢?谁从茫茫星空里辨认出我微弱而深情的目光,谁的思念会让我如花开放般醒来呢?

在书院的松树和杨树上面,在稍远的山坡上面,星空荒芜着。它底下的山坡沟底,年年种麦子种土豆,年年丰收。

逃跑的马

我跟马没有长久贴身的接触，甚至没有骑马从一个村庄到另一个村庄这样简单的经历。顶多是牵一头驴穿过浩浩荡荡的马群，或者坐在牛背上，看骑马人从身边飞驰而过，扬起一片尘土。

我没有太要紧的事，不需要快马加鞭去办理。牛和驴的性情刚好适合我——慢悠悠的。那时要紧的事远未来到我的一生里，我也不着急。要去的地方永远不动地待在那里，不会因为我晚到几天或几年而消失。要做的事情早几天晚几天去做都一回事，甚至不做也没什么。我还处在人生的闲散时期，许多事情还没迫在眉睫。也许有些活我晚到几步被别人干完了，正好省得我动手。有些东西我迟来一会儿便不属于我了，我也不在乎。许多年之后你再看，骑快马飞奔的人和坐在牛背上慢悠悠赶路的人，一样老态龙钟地回到村庄里，他们衰老的速度是一样的。时间才不管谁跑得多快多慢呢。

但马的身影一直浮游在我身旁，马蹄声常年在村里村外的土路上踏响,我不能回避它们。甚至天真地想,马跑得那么快,一定先我到达了一些地方。骑马人一定把我今后的去处早早游荡了一遍。因为不骑马,我一生的路上必定印满先行的马蹄印,撒满金黄的马粪蛋。

直到后来,我徒步追上并超过许多匹马之后,才打消了这种念头——曾经从我身边飞驰而过扬起一片尘土的那些马,最终都没有比我走得远。在我继续前行的时候,它们已变成一架架骨头堆在路边。只是骑手跑掉了。在马的骨架旁,除了干枯的、像骨头一样的胡杨树干,我没找到骑手的半根骨头。骑手总会想办法埋掉自己,无论是深埋黄土还是远埋在草莽和人群中。

在远离村庄的路上,我时常会遇到一堆一堆的马骨。马到底碰到了怎样沉重的事情,使它如此强健的躯体承受不了,如此快捷有力的四蹄逃脱不了。这些高大健壮的生命在我们身边倒下,留下堆堆白骨。我们这些矮小的生命还活着,我们能走多远。

我相信累死一匹马的,不是骑手,不是常年的奔波和劳累,对马的一生来说,这些东西微不足道。

马肯定有它自己的事情。

马来到世上,肯定不仅仅是给人拉车当坐骑的。

村里的韩三告诉我,一次他赶着马车去沙门子,给一个亲戚送麦种子。半路上马车陷进泥潭，死活拉不出来，他只好回去找人借牲口帮忙。可是，等他带着人和马赶来时，马已经把车拉出来走了，走得没影了。他追到沙门子，那里的人说，晌午看见一辆马车拉着几麻袋东西，穿过村子向西去了。

韩三又朝西追了几十公里，到虚土庄子，村里人说半下午时看见一辆马车绕过村子向北边去了。

韩三说他没有再追下去，他因此断定马是没有目标的东西，它只顾自己往前走，好像它的事比人的事更重要，竟然可以把人家等着下种的一车麦种拉着，漫无边际地走下去。韩三是有生活目标的人，要到哪儿就到哪儿，说干啥就干啥。他不会没完没了地跟着一辆马车追下去。

韩三说完就去忙他的事了。以后很多年里，我都替韩三想着这辆跑掉的马车。它到底跑到哪里去了。我打问过从每一条远路上走来的人，他们或者摇头，或者说，要真有一辆没人要的马车，他们会赶着回来的，这等便宜事他们不会白白放过。

我想，这匹马已经离开道路，朝它自己的方向走了。我还一直想在路上找到它。

但它不会摆脱车和套具。套具是用马皮做的，皮比骨肉更耐久结实。一匹马不会熬到套具朽去。

而车上的麦种早过了播种期，在一场一场的雨中发芽、霉烂。车轮和辕木也会超过期限，一天天地腐烂。只有马不会停下来。

这是唯一跑掉的一匹马。我们没有追上它，说明它把骨头扔在了我们尚未到达的某个远地。马既然要逃跑，那么肯定有什么东西在追它。那是我们看不到的、马命中的死敌。马逃不过它。

我想起了另一匹马，拴在一户人家草棚里的一匹马。我看到它时，它已奄奄一息，老得不成样子。显然它不是拴在草棚里老掉的，而是老了以后被人拴在草棚里的。人总是对自己不放心，明知这匹马老了，再走不到哪里，却还把它拴起来，让它在最后的关头束手就擒，放弃跟命运较劲。

我撕了一把草送到马嘴边，马只看了一眼，又把头扭过去。我知道它已经嚼不动这一口草。马的力气穿透多少年，终于变得微弱黯然。曾经驮几百斤东西，跑几十里路不出汗不喘口粗气的一匹马，现在却连一口草都嚼不动。

"一麻袋麦子谁都有背不动的时候。谁都有老掉牙啃不动骨头的时候。"

我想起父亲告诫我的话。

好像也是在说给一匹马。

马老得走不动时，或许才会明白世上的许多事情，才会知道世上许多路该如何去走。马无法把一生的经验传授给另一匹马。马老了之后也许跟人一样，它一辈子没干成什么大事，只犯了许多错误，于是它把自己的错误看得珍贵无比，总希望别的马能从它身上吸取点教训。可是，那些年轻的活蹦乱跳的儿马，从来不懂得恭恭敬敬地向一匹老马请教。它们有的是精力和时间去走错路，老马不也是这样走到老的吗？

马和人常常为了同一件事情活一辈子。在长年累月人马共操劳的活计中，马和人同时衰老了。我时常看到一个老人牵一匹马穿过村庄回到家里。人大概老得已经上不去马，马也老得再驮不动人。人和马一前一后，走在下午的昏黄时光里。

在这漫长的一生中，人和马付出了一样沉重的劳动。人使唤马拉车、赶路，马也使唤人给自己饮水、喂草加料、清理圈里的马粪，有时人还带着马去找畜医看病，像照管自己的父亲一样热心。堆在人一生中的事情，一样堆在马的一生中。人只知道马帮自己干了一辈子活，却不知道人也帮马操劳了一辈子。只是活到最后，人可以把一匹老马的肉吃掉，皮子卖掉。马却不能对人这样。

一个冬天的夜晚，我和村里的几个人，在远离村庄的野地，围坐在一群马身旁，煮一匹老马的骨头。我们喝着酒，不断地添着柴火。我们想，马越老，骨头里就越能熬出东西。更多的马静静站立在四周，用眼睛看着我们。火光映红了一大片夜空。马站在暗处，眼睛闪着蓝光。马一定看清了我们，看清了人。而我们一点都不知道马在想些什么。

马从不对人说一句话。

我们对马的唯一理解方式是：不断地把马肉吃到肚子里，把马奶喝到肚子里,把马皮穿在脚上。久而久之,隐隐就会有一匹马在身体中跑动。有一种异样的激情耸动着人,人变得像马一样不安、骚动。而最终,却只能用马肉给我们的体力和激情,干点人的事情,撒点人的野和牢骚。

我们用心理解不了的东西,就这样用胃消化掉了。

但我们确实不懂马啊。

记得那一年在野地,我把干草垛起来,我站在风中,更远的风里有一大群马,石头一样静立着,一动不动。它们不看我,马头朝南,齐望着一个我看不到的远处。根本没在意我这个割草人的存在。

我停住手中的活,那样长久羡慕地看着它们,身体中突然产生一股前所未有的激情。我想嘶,想奔,想把镰刀扔了,双手落到地上,撒着欢子跑到马群中,昂起头,看看马眼中的明天和远方。我感到我的喉管里埋着一千匹马的嘶鸣,四肢涌动着一万只马蹄的奔腾。而我,只是低下头,轻轻叹息了一声。

我没养过一匹马,不像村里有些人,自己不养马,喜欢偷别人的马骑。晚上趁黑把别人的马拉出来骑上一夜,到远处办完自己的事,天亮前把马原样拴回圈里。第二天主人骑马去办一件急事,马却死活跑不起来。马不会把昨晚的事告诉主人。马知道自己能跑多远的路,不论给谁跑,马把一生的路跑完便不跑了。人把马鞭抽得再响也没用了。

马从来就不属于谁。

别以为一匹马在你胯下奔跑了多少年，这马就是你的。在马的眼里，你不过是被它驮运的一件东西。或许马早把你当成了自己的一个器官，高高地安置在马背上，替它看路，拉缰绳，有时下来给它喂草、梳毛、修理蹄子。交配时帮它扶扶马锤子。马不像人，母马也不如女人那般温顺。马全靠感觉，凭天性。人在一旁看得着急，忍不住帮马一把。马正好一用劲，事成了。人在一旁傻傻地替马笑两声。

其实马压根不需要人。人最大的毛病，是爱以自己的喜好度量他物。人习惯了自己的，便认定马也需要这样。人只会扫马的兴，多管闲事。

也许，没有骑快马奔一段路，真是件遗憾的事。许多年后，有些东西终于从背后渐渐地追上我。那都是些要命的东西，我年轻时不把它们当回事，也不为自己着急。有一天一回头，发现它们已近在咫尺。这时我才明白了以往年月中那些不停奔跑的马，以及骑马奔跑的人。马并不是被人鞭催着在跑，不是。马在自己奔逃。马一生下来便开始了奔逃。人只是在借助马的速度摆脱人命中的厄运。

而人和马奔逃的方向是否真的一致呢？也许人的逃生之路正是马的奔死之途，也许马生还时人已经死归。

反正，我没骑马奔跑过。我保持着自己的速度。一些年，人们一窝蜂朝某个地方飞奔，我远远地落在后面，像是被遗弃。另一些年月，人们回过头，朝相反的方向奔跑，我仍旧慢慢悠悠，远远地走在他们前头。我就是这样一个人。我不骑马。

大白鹅的冬天

冬天

雪地上没有鹅的脚印，以为它在窝里没出来。我提着一壶开水，烫开水盆里的冰，又烫食盆里的苞谷糁，这是给鹅和猫狗的早餐。

这时听见鹅在前面"鹅鹅"地叫，声音翻过积着厚雪的屋顶落下来。我放下水壶过去，见鹅在松树下没雪的地方站着。雪被茂密的树冠兜住，松枝都压弯了，树冠下落了厚厚一层松针，看上去比别处暖和。

它看着我又叫了两声，嗓门宽阔有力，像在空中打开一扇门。我赶着它去吃食。地上的雪没扫，它好像眼盲了，认不得路，跑到两排松树间的大道上，头顶到院门才知道走错了，又掉转回来。我紧追几步，它扇动翅膀跑起来，一副要飞的样子。我真希望它飞起来，飞得找不见，我们也不用每天操心喂它。它也不会每天受冻。但这冰天雪地的，它能飞到哪里？南飞的天鹅和大雁，早在三个月前就飞走了。那时一行行的雁群飞过书院上空。大白鹅时常仰头朝天上叫,翅膀张开助跑一段想要飞起来。我妈说,白鹅的翅膀该剪了,不然会飞走。

但一直没剪。那时它吃得肥胖,走路都费劲,怎么可能飞走。顶多有飞的愿望吧。如今它已经瘦得剩下一堆羽毛了。它跑起来,翅膀展开,真像要飞起来的样子,却一头撞到雪堆上,整个身体陷在深雪中,张开的翅膀被雪托住。

我把它抱出来,放地上撵它走,看它的红爪子踩在雪里,整个肚子蹚在雪里。我都能感觉到它的脚冷。

到了食盆旁,看见一小堆绿韭菜叶,它使劲啄食起来。那是金子昨天拿过来给鹅的。它卧在雪里吃菜叶,把冻红的脚丫焐在肚子下面。它能暖热自己的脚丫子吗?下面全是冰雪。我给它在地上铺了纸箱板,又铺了松针和树叶,希望它站在上面脚不会太冰。它不领情,固执地卧在纸壳边的冰雪中。

我真担心它过不了冬天。每天一早推开窗户,最想听见的就是大白鹅的叫声。只要它叫一声,我便放心了。它似乎知道我在这时醒来,它在松树下叫,叫声翻过两栋房子的屋顶和积了厚雪的菜地,传到我耳朵里。

寄养

这是它跟我们生活的第一个冬天。

去年冬天我们把它寄养在老郭家。四月金子带着我妈从养殖场买了两只小鹅和两只麻鸭,养到八月开始下蛋,大白鹅的蛋又大又白,麻鸭蛋和它的名字一样灰皮麻点。那时它们跟鸡圈在一起。鹅整天扬起脖子,"鹅鹅"地撵鸡,哪只不听话就拿嘴啄鸡毛。它们成了鸡群里的老大。两只麻鸭个头比公鸡小,只能灰溜溜地待着,不和鸡合群,也不跟鹅混。

金子每天去鸡圈好几趟,喂食,添水,收蛋,每次收了鹅蛋鸭蛋,都高兴得跟小孩似的。鸡蛋给厨房,鹅蛋鸭蛋她存起来,排成排摆在篮子里,说要等女儿回来吃。女儿的孩子还小,刚几个月,说明年回来。结果几个鸭蛋放坏了,鹅蛋放到了下雪前。

天气冷了,我妈回沙湾过冬,我们也回乌鲁木齐住一阵,留下方如泉守院子。养了大半年的鸡鸭鹅就得处理掉。公鸡全宰了(真对不住公鸡),三只母鸡给厨师王嫂家代养。两只鹅和两只鸭子送到村民老郭家代养,说好下的蛋归老郭家,再给两袋子苞谷。到雪消天暖和,给王嫂代养的三只鸡死了两只。喂在老郭家的两只鸭子都死了,鹅死了一只,老郭不好意思,把收的四个鹅蛋和活下的一只鹅一起送了过来。

我们送去时雪白丰满的大白鹅,一个冬天瘦成了鸡,毛黑不溜秋,眼神也呆滞。不知道它在老郭家是咋活过来的。老郭家的鸡有暖圈。所谓暖圈,也就是个小房子,夜晚能挡风而已。不过,老郭家的几十只鸡和我们的鸭鹅挤在一起,每只鸡鸭鹅都是一个小暖袋呢。鹅在它们中间，是一个大暖袋吧，它们依靠着互相暖和。但是那两只麻鸭和一只鹅，还是没有熬过冬天。

回来的大白鹅很快被我们喂得有了生气，五月份来了一个大学生志愿者，给浑身又黑又脏的鹅洗了一次澡，它又变成了大白鹅。那只母鸡也开始下蛋。鸡和鹅，一个冬天没见，可能都不认识了。但它们很快又在一个圈里生活了。

我们重新清理鸡圈，把去年的一层落叶和杂物扫起来烧掉，算给鸡圈消了毒。金子带我妈到养鸡场，买了十几只半大的公鸡母鸡，大白鹅又成了鸡群里的老大，"鹅鹅"地吆着鸡在圈里转。一个夏天和一个秋天，鸡和鹅下的蛋足够我们每天中午做西红柿炒鸡蛋拌拉条子，早餐煮鸡蛋，一人一个。每只鸡下的蛋都不一样，金子能从她每天收的鸡蛋里，知道哪只下了哪只没下。十几只母鸡，到半晌午下起蛋来，叫声一阵接一阵。金子说，一只母鸡下十五个蛋就保本了，菜籽沟的土鸡蛋卖到两块钱一个。金子买的母鸡三十块一只。再多下的蛋都是赚的。她这样算账时，忘算了自己每天一早一晚喂鸡的辛苦，忘算了鸡吃掉的几百上千块钱的麦子和苞米，也忘算了我们修鸡圈清理鸡圈花的力气。不过，鸡也没给我们算它每天早晨按部就班的三遍打鸣。夏天书院办了几期培训班，有小孩的有大人的。大白鹅成了孩子最喜爱的，伸长脖子走在人中间，"鹅鹅"地叫，像老师喊孩子。

春天

转眼又到冬天,圈里养肥的鸡又要宰掉(又对不住鸡了)。鹅再不敢往老郭家送。本来要和鸡一起宰了,后来还是留下来。大冬天鸡窝空空的,看着都冷。鸡到另一个世界避寒去了。鹅留下来,它独自承受着满圈满院子的寒冷。靠院墙斜立的两块工程板下面,是金子给鸡和鹅做的下蛋窝。现在一个成了鹅过冬的窝,里面铺了厚厚的麦草。另一个被黄狗星星占了。那个两头通风的窝,其实只比露天稍好一些,能挡住西边来的寒风。

年前几天降温,我们又要回城里过年,大白鹅和猫狗托给王嫂家喂养,她老公每天过来烫一盆粗面,大伙一起吃。猫不用担心,能捉到老鼠。狗也不用操心,它们总能弄到吃的,前年冬天我们回到书院,见牧羊犬月亮在松树下守着大半只羊,肯定是从村民家偷来的。去年书院后面住的老张说,他宰了猪,猪头挂在仓房,想着过年吃,结果没有了,顺着雪地上的印子一直追到我们院墙上的水洞,肯定让我们家大狗叼来吃了。金子说,确实看见月亮吃剩下的半个猪头。我们也不养猪,没法赔一个猪头给老张,只能说句对不住了。这些年几条狗给我们惹了多少事情,月亮大前年把村委会烧锅炉的老王咬了一口,老王几年前打过月亮一棒子,它记仇了。金子开车拉老王去县医院打了狂犬病疫苗。今年七月小黑和星星在山后的麦茬地咬死了村民的四只羊,我们赔了六千块钱。现在我们把院墙上狗能钻出去的洞口都堵住，它们再不能出去惹祸，也不能在夜晚爬到坡顶的草垛上对天吠叫了。

回城前，我把秋天菜园里掰的苞谷棒子在鹅常去的松树下放了一堆，又在它的窝边放了一些，鹅会自己啄食苞米粒。只要有足够的吃食，它便能抗住寒冷。在城里我还常打开监控视频，看见猫和狗围在食盆旁，看见大白鹅在雪地上踱步。

年后回来，车开到大门口，月亮、星星和小黑都在门里面守着，它们能听出我的汽车的声音，当车开到公路拐弯处，离书院大门有上百米的地方时，它们就闻声往大门口跑。我下车开门，三条狗亲热地往我们身上扑，金子把带来的狗食分给每条狗。

大白鹅站在松树下叫，它瘦了一大圈，见了我们张开膀子像要飞过来。两只黄猫不见了，方如泉说猫到别人家混吃的去了，过几天来院子转一趟，可能见我们没回来，就又走了。

我去鹅的窝里看，给它留下的苞谷棒子才吃了一半，地上扔着四个鹅蛋壳，我们离开的二十多天里，它下了四个蛋，可能都自己吃了。金子说，鹅不会吃自己的蛋，肯定是星星和小黑偷吃了。我拿着鹅蛋壳，大声审问小黑："鹅蛋是不是你吃了？"又审问星星。两条狗都一脸懵懂，装糊涂。我猜想肯定是星星偷吃的。它住在鹅旁边，可能就是盯上了鹅蛋。鹅下一个它吃掉一个，把空蛋壳留给我们，不过也都没亲眼看见。吃就吃了吧。

早晨我烧一壶开水提过去，鹅已经在食盆旁守着。我用开水烫开水盆里的冰，再把冻硬的饲料烫开。鹅的嘴伸进水里，边喝边拿喙戏水。

它吃好了站在墙根下，一只脚抬起，过一会儿换另一只脚。水泥地太冷，我给它铺的纸箱板扔在一边，它还是不知道站上去，可能它的蹼已经冻木了。

回书院的第二天一早，大白鹅踱着步从前面过来看我们。我给它撒了些芹菜叶子，它一个月没见绿菜了，低头啄一口，高兴得头仰起来。

中午金子见鹅卧在窝里，她关好圈门，过一阵听见鹅叫，金子说，鹅下蛋了，让我赶紧去收。我出门看见星星也朝鹅叫的地方望，小黑也朝那里望。看来都在等鹅下蛋。这让我有点不确定是小黑还是星星在偷吃鹅蛋。我指着星星又指着小黑，狠狠地骂道："再偷吃鹅蛋就把你们送人，不要你们了。"星星知道我在骂它，夹尾巴躲一边。小黑一脸憨相，我又觉得冤了小黑。

到窝边时，鹅的样子把我逗笑了，它伏在窝里，整个头和脖子贴在草上，一看就知道它在本能地躲藏，不让我看见。我拿专门收蛋的长把木勺拨开它的屁股，它扭转屁股护住蛋。我还是把一只大白蛋舀在木勺里拿了出来。鹅见自己的一个蛋被我收走，眼睛圆圆地瞪着，鹅没有表情，但它肯定有心情。它的心情会跟农人失去一年的收成一样吗？或许它已经习惯自己的蛋被人收走。它回到书院就开始下蛋，已经下了十几个，我们没有留下一个让它孵育出孩子。这样想时竟生出些人的伤心来。鹅会不会伤心呢?

晚上听见鹅在窗外叫,天黑好一阵了,它不去窝里睡觉,在转啥呢。或是它想要给我们说啥。我出去查看,外面很黑,院子里没安灯。白鹅站在雪地上,朝我望,它的眼睛反射着星光。也许是自己的光。我过去摸摸它的脖子,它转过身,沿着菜地边我们踩出的雪路一直走到小柴门旁,回头叫了一声,像是给我打招呼,然后回它的圈里去了。

我冻得浑身发抖,回到暖和的屋子里时,想到鹅也回到它两头透风的工程板下的窝里了。它只能把自己的羽毛当暖屋,把裸露的蹼焐在肚子下面,把喙伸进羽毛里。

我又听到鹅叫。它的叫声在半空中打开一扇门。我从二楼窗口看见它在屋后果园觅食,个别处雪已经化开,露出干黄草地,它不时低头啄食,不知吃到嘴里的是什么。中午我扛铁锹到前面的玻璃房墙根疏通积水,屋顶融化的雪水积在墙根的水槽里,一半是冰,我拿铁锹敲开一个小水槽,让水往下流。每年都要干这个活,其实不去干,过几日水槽的冰全化开,也自己疏通了。但还是会去干,人等不及季节。

转回到餐厅前,见鹅在草莓地觅食,以为它在吃露出的绿色草莓叶子,却不是。它在化了一半的雪下面,找见先露出的细草芽,它啄食草芽时把冰粒也一起吃进嘴里,咯嘣咯嘣的响声,像一个孩子在咀嚼糖块。

夏天

被厚雪覆盖了一冬的院落,在一个早晨突然暴露出来,几件我们以为丢了的农具自己跑出来,它们倒在地上,在雪中睡了一个长冬。天暖得很快。金子在集市上买了五只小鹅,丢给大白鹅带。大白鹅显然喜欢小鹅,但小鹅怕大鹅。毕竟不是自己的亲妈。这些小鹅有亲妈吗?可能没有,它们在孵化场破壳而出,从没被大鹅带过,见了只有害怕。

我妈在院子里用纸箱围了一个小圈,喂草喂水。晚上把小鹅装进纸箱拿进屋里。除了怕被猫和狗吃了,天上飞的鹞子,也会叼走小鹅。书院这一片有七八只鹞子,每日在树梢盘旋,捉鸽子和鸟,经常有鸽子被鹞子吃了,在地上留一堆羽毛。那天我还救下一只鸽子,它被鹞子一翅膀拍打下来,鹞子紧随其后,眼看要叼住了,我大喊着跑过去,牧羊犬月亮,还有星星和小黑也叫着跑过去。鹞子一侧身飞走了,受伤的鸽子也扑腾着飞到树上。

新买来的小鹅,要先拿去让月亮、星星和小黑看,给每条狗说这是我们要养的鹅,不是野生的。狗都懂事,见人和鹅亲近,就知道不能咬它,咬了挨打。

第一只小猫带来时,我们给月亮和星星做了介绍,如今猫和狗成了院子里最亲近的朋友。冬天两只小猫与两只大猫,和小黑一起抱团取暖，小黑每晚卧在门口的地毯上，两只小猫钻进小黑怀里，两只大猫卧在小黑背上，小黑一动不动，搂着它们度过寒冷冬夜。一天早晨，金子拉开窗帘，说大白鹅也和小黑挤在一起了。

今年夏天，小外孙女知知来到书院，我们也是先把她带到几条狗跟前，让它们认识。狗看我们对小知知好，就知道不能对她不好，见小知知过去就远远躲开，生怕不小心碰着小朋友。知知不怕狗和猫，追过去抓，但害怕大鹅，它会追着叨知知。

我们买的五只小鹅活下来三只，如今已经是大鹅了。我妈依旧每天坐着她的电动车牧鹅。它们认下我妈的电动车了，跟着到前面草坪上去吃草，到后面果园去吃草。鹅胆小，只去我妈带它们去过的地方，不敢往远处跑。

那只大白鹅呢，在坡上果园的狗洞里坐窝了。

去年夏天大白鹅坐过一次窝，它占着鸡下蛋的窝，用嘴把自己的羽毛撕下来，垫在窝里。它下了一个蛋，一直捂着。隔天又下了一个。它要把两个蛋孵出小鹅。可是，我们这里的气候凉，小鹅长不大天就冷了，怕过不了冬天。金子把它的蛋收了，它还是坐窝不走。中午金子看见鸭子走到鹅身边，嘴啄鹅的脖子，在说话。过一会儿，鹅起身走开，鸭子急忙跳到鹅窝里，下了一个小麻蛋。然后鹅便捂着麻鸭的蛋不放。我妈说，鹅和鸡一样的，到了坐窝时节，给个石头蛋都会捂住不放。

金子说，大白鹅去年没抱上小鹅，今年就让它抱一窝吧。我以为她只是说说。我出了趟差回来，没见到大白鹅，问金子，说它已经坐窝十二天了，再有十八天小鹅就出来了。金子把果园水塘边的狗窝收拾出来，用我们家的七个鹅蛋，换了村民家的七个鹅蛋。他们家的母鹅有公鹅交配，下的蛋才能孵出小鹅。

我带着小知知趴在门洞看，鹅卧在自己用嘴拢起的一小堆麦草上，眼睛朝外看我们。可能已经忘了我是谁。金子在门口放了一桶水，还满满的。我让知知在鹅窝旁等着，我去菜地薅了一把鹅喜欢吃的野莴笋，扔到它嘴边。它只是叼了两口，又专心孵它的蛋了。我妈说，鹅和鸡一样，孵蛋的时候不吃不喝。

到了小鹅该出壳的那天，金子和厨师去看，只孵出来三只小鹅，其他四只蛋，都坏了。小鹅只是啄开了蛋壳，身子还在里面挣扎，金子把其余的蛋壳剥了，这个事本来是大鹅做，它会拿嘴啄蛋壳，让小鹅快点出来。

出壳的小鹅放在纸壳里，下面垫了棉布，金子还在棉布下放了一只暖宝宝，上面又盖了一层布。小知知第一次看见小鹅从蛋壳出来，我把毛茸茸的小鹅放她手上，她捧着不敢动，不知道该怎么面对这个小生命。三只小鹅在我书房过了一夜，第二天，原样还给了大鹅。

我妈像放牧那三只鹅一样，照顾大鹅和三只小鹅，白天放出来吃草，晚上吆到鸡房。它们一天一个样子地在长，可能小鹅也感到自己出生得有点晚，秋天已经来了，得抓紧时间吃草，长身

193

体，尽快长出能御寒的羽毛来。到了冬天，它们要跟大鹅一起，光着脚丫子在冰雪中走，靠自己的羽毛度过寒冷长夜。

大雪

大雪下了一天一夜。好多树枝被雪压断。昨天还遍地的青草，一夜间被雪埋没。除了大白鹅，其他的鹅都没经历过冬天，不知道它们看见这么大的雪，会不会惊慌。雪下得太突然，树都没落叶子。落了一地的苹果没顾上捡拾。几棵桃树和葡萄藤也没顾上埋住。人和草木都没准备好，冬天就来了。

好在三只小鹅已经长得半大，长出了厚厚的绒毛，和先长大的三只大鹅一起放在果园里。刚放进时，那三只大鹅追着小鹅跑，可能是想亲热小鹅，大白鹅跟在后面护。没几天它们便亲热如一家了。

我在三楼的书房时常听见鹅的叫声，它们在果园边的草地上练习飞翔。我下楼在木栏杆门外探头看，它们展开翅膀，"鹅鹅"高叫着，朝南跑到篱笆墙边，又折头跑回来。跑前面的是三只先长大的鹅，大白鹅和它的三个孩子跟在后面。大白鹅已经三岁了，早已知道自己飞不起来，但还是展开翅膀跟着做飞的动作。有两只小鹅似乎相信自己能飞起来，翅膀举得高高的，爪子一下一下离开地。见我在木栏杆门外看，它们都收住膀子，像是怕我看见它们练习飞翔似的。

我推开栏杆门进去时鹅全围过来，见我两手空空又停下来。

给鹅喂食是金子的事。她每天早上端半盆麦子喂鹅吃。鹅和鸡的食都是金子在村民家买的。下大雪的前一天，金子听说玉米要涨价，叫上厨师柳荣贵去六队买了七麻袋苞米，又开车到乡上工厂粉碎了，码在库房里。到冬天没有骨头可啃的狗和猫，都得吃开水烫的苞米糁。鹅也吃。但鹅似乎更喜欢吃麦子。或许更喜欢吃草。但草突然被雪埋了。给鹅的麦子每天都剩下一些。或是鹅的嘴没办法将盆里的麦粒吃干净。金子天黑前把鹅吃剩的麦子端回来，她说留下全让老鼠偷吃了。果园北边是苜蓿地，西边山梁后面是麦地，我散步时看见好多老鼠新打的洞。地里没吃的了，老鼠开始往人家里跑。我们院子的两只猫都生了小猫，母猫每天出去捉老鼠来喂小猫。即使这样，也阻不住老鼠往院子里跑。去年冬天喂鹅的苞谷棒子，喂肥了两只大老鼠，它们钻在柴垛下面，猫捉不住，晚上出来偷我们喂鹅的食。好久再没看见那两只老鼠，可能被猫捉吃了。也可能过了一个冬天和春天、夏天，它们静悄悄地老死了。

　　说到老，又想起已经三岁的大白鹅，它算是年老了吧。这个冬天有六只鹅陪它一起过，每只鹅都要担受自己的寒冷，肚子下的绒毛只够焐住自己的爪子，怕冻的嘴只能塞进自己的羽毛里。但它们会挤在一起。会有七个嗓门的大叫声，响在阳光明亮的书院上空。至少，它们不会太寂寞。

2021 年 12 月 12 日完稿

我做梦的气味被一只狗闻见

我妈去英格堡赶集，见有铃铛卖，老式黄铜的，顺手摇一下，有她早年听熟的声音，就买了两个，在黄狗太阳和黑狗月亮脖子上各拴一个。月亮的没几天丢了，它不喜欢这个乱响的东西，自己甩掉了。我妈拾回来再给它戴上，第二天，它又脱掉。它当我妈的面，用一个前爪蹬住脖圈，头往后缩，脖圈就掉了。然后，它衔起带铃铛的脖圈，一路响着跑到屋后面，在我妈看不到听不见的地方转了好一阵，无声地跑回来。它把那个讨厌的铃铛藏掉了。

　　太阳的铃铛一直戴着。它喜欢那个声音。它个头比月亮小，但它觉得自己比月亮多一个声音，它经常晃着头在月亮面前摆弄自己的铃铛。

　　它成了一条叮叮当当响个不停的狗，跑到哪儿我们都能听见。

　　夜晚它的铃铛叮当声成了院子里最清晰的声音。我们从不知道晚上院子里发生了什么，半夜被狗叫醒，侧耳朵听，是月亮在南边大叫，或许进来人了，或许是一只野猫或獾进了院子。有时我开灯照一下，若是外人进入，看见窗户亮，也就跑了，我并不出去看究竟。更多时候我呼呼大睡，不去理会狗在叫什么。一夜，狗吠声传到梦里，我在远处听见狗叫，匆忙往回赶，家里进来生人了，门开着，窗户开着，我惊慌地站在门外不敢进去。

月亮大叫的时候，听见太阳的叮当声跟在后面。太阳很少叫，它知道自己的叫声太小，吓不住入侵者，它让响亮的铃铛声跟在月亮后面助威。它的铃铛声摇遍院子的每个角落。月亮只有自己的汪汪声。有时它在北边杏园叫，那里有一只大白猫，夜夜惦记我们伙房里的肉，有一个夜晚后窗户没关，大白猫进来，把案板上的一块骨头偷走了。月亮闻着那块骨头的味道追咬到后院墙边，白猫越墙跑了。月亮在院墙边狂叫。太阳的铃铛声也追到院墙边。

这个四处漏风的院子交给两条一岁多的小狗看守。月亮看上去个头大，很凶猛，太阳只是条小宠物犬，秋天抱来时浑身精光，担心过不了冬。果然天稍一凉它就往屋子里钻。每次我都毫不客气地赶它出去，它得习惯这里日渐寒冷的天气，让自己成为能在外面过冬的动物。菜籽沟已经是冰雪世界了，它的毛还没有完全长出来。天亮前那阵子外面最冷，我们听见它在门口叫，拿头顶门，门缝露出的一丝温暖会被它的身体接住。金子一起来就开门放它进房子，说让它暖暖身体。我坚决反对，我们不能让它依赖屋里的暖和，它要在漫长冬天的寒冷中长出自己的暖。

它的铜铃铛声在冬夜里听起来尤其寒冷,我们抱火炉取暖,它戴着冰冷的铃铛在寒风里来回跑。不跑便会冻死。月亮不怕冻,它是藏獒和牧羊犬的后代,身上有厚厚的绒毛。天冷前给它们俩挨着修了狗窝,里面垫了层麦草。太阳不敢自己在窝里待,放进去就跑出来。它往月亮的窝里凑,一进去就被月亮咬出来。月亮真是条守原则的小母狗,白天跟太阳这条小公狗怎么打闹都可以,晚上就是不让太阳进自己的窝。

后来不知为什么月亮也不在窝里待了,可能是因狗窝在院墙边,太阴冷。我在门口用纸箱给太阳做了一个小窝,纸箱侧面掏一个洞,上面用砖压住,里面和洞口处铺上麦草,太阳晚上住里面,这次月亮随了太阳,卧在洞口的麦草上,那个纸箱做的窝盛不下月亮,它只好给太阳守窝。

经过一个冬天——我们在菜籽沟的第一个冬天——太阳终于从一条宠物犬变成了狗,它在寒冷的冬天里长出一身细绒毛。接下来的冬天,它将不再寒冷,不会在冬夜里不停地戴着铃铛跑。我们也不再寒冷,书院在建锅炉房,到时候每个房间都会暖暖的。

那天太阳把铃铛丢了,它从坡上凶猛地跑下来,像另一条狗。

丢掉铃铛的太阳没有声音了,它一路跑,一路往后看,好像那个叮当响的自己在山坡上没有下来,跑到坡下的又是谁呢?它跑一阵,回头朝坡上汪汪几声。那个刚刚还在叮当响的自己,在山坡草地上转一圈突然不见。往山下跑的是一条没有响声的狗。

月亮也觉出太阳不对劲，对着它咬。好像要把它咬回去，把那个叮当声找回来。

第二天一早，我扫院子，突然听见铃铛声，太阳嘴里叼着系了绳子的铃铛，从山坡杏园里狂跑下来，一直跑到我身边。

它自己把丢了的铃铛找回来了。

那以后它又成了一只叮当响的狗。

深夜醒来，又听见它的铃铛声绕着房子转。它可能闻见我醒来的味道了，有意要让我听见。在它的嗅觉里，我醒来和睡着的气味或许不一样，做梦时的气味更不一样。

我曾在梦醒时分隐约听见狗吠，看见自己站在屋外的黑暗中，我刚从遥远的梦中回来，未来得及进屋子，而睡在屋里的正在醒来。我闻见我的将从睡梦中醒来的气味，像一间老房子的门沉沉推开，全是过去的味道。那个在梦里远走的我，带着一缕不散的旧气息回来，站在窗外，他要在我完全醒来前回到我的睡眠里。或许是他的睡眠。我并不认识梦里的那个我，不知道他在下一个梦里会干什么。我没有一只可以醒着伸到梦中的手，去安排黑暗睡眠里的生活。我活了五十年，至少有二十多年，活在不能自已的睡梦中。

睡是我生命的另一场醒。

我曾在这个黑暗世界一遍遍地醒来。

我醒来和睡着的气味，被一只叫太阳的小狗闻见。

等一只老鼠老死

我妈种的甜瓜，熟一个被老鼠掏空一个。去年老鼠还没这么猖獗，甜瓜熟透，我们吃了头一茬，老鼠才下口。可能这地方的老鼠没见过甜瓜，我们让它尝到了甜头。今年老鼠先下口，就没我们吃的了。

"白费劲，都种给老鼠了。"我妈说。

老鼠在层叠的瓜叶下面，一个一个摸瓜，它知道哪个熟了，瓜熟了有香味，皮也变软。我们也是这样判断甜瓜生熟的。老鼠早在瓜苗开出黄色小花，结出指头大小的瓜娃时，就在旁边的土豆地里打了洞，等甜瓜长熟。老鼠不吃土豆，除非饿极了。只有我们甘肃人爱吃土豆，吃出土豆的甜。去年给我们盖房子的河南人和四川人都不喜欢吃土豆，他们爱吃红薯。

甜瓜的甜确实连老鼠都喜欢，它吃香甜的瓜瓤，还嗑甜瓜籽。有时老鼠把一个熟了的甜瓜咬开，只是为了嗑里面的籽，把整个瓜糟蹋了。我们没办法跟老鼠商量，瓜熟了我们先吃瓤，籽留给老鼠吃。事实上，我们所吃的西瓜甜瓜的籽，都扔在外面喂老鼠和鸟了。老鼠明知道我们不吃甜瓜籽，我们只吃瓜瓤，籽迟早丢在地上给它吃，它为啥不等一等，非要跟我们过不去，让我们想方设法灭它呢？

瓜糟践完就轮到葵花、苞米。秋天收葵花时才发现，那片低垂的葵花头几乎没葵花子了，老鼠老早已顺着葵花秆爬上来，一粒一粒偷光了葵花子。我提着镰刀在葵花地里找老鼠漏吃的葵花，一个个地掀开葵花头，下面都是空的，像一张张没表情的脸。

我们种的葵花一人多高，老鼠得爬上爬下，每次嘴里叼一个葵花子，得多久才能把脸盆大的一盘葵花子盗完，又多久才能把一地葵花盗走。老鼠也许不用爬上爬下，它用牙咬下一颗，头一歪扔下来，下面有老鼠往洞里搬运。老鼠甚至不用下去，沿那些勾肩搭背的阔大叶子，从一棵转移到另一棵，挑拣着把籽粒饱满的葵花头盗空，把没长好的留给我们。

最惨的是玉米，老鼠爬上高高的玉米秆，在每个玉米棒子上头啃一顿。我妈说："老鼠啃过的，我们就不能吃了，只有粉碎了喂鸡。"

老鼠赶在入冬之前，把地里能吃的吃了，吃不了的也啃一口糟蹋掉，把能运走的搬进洞。我们收拾老鼠剩下的，土豆挖了进菜窖，瓜秧割了堆地边，豆角和西红柿架收起来，码整齐，明年再用。不时在地里遇见几只老鼠，又肥又大，想一锹拍死，又想想算了。老鼠在洞里储足了粮食，或许就不进屋里扰我们。冬天院子里寂静，雪地上一行行的老鼠脚印，让人欣喜呢。老鼠在大冬天走亲戚，一窝和另一窝，隔着几道埂子的茫茫白雪，大老鼠领着小的，深一脚浅一脚，走出细如针线的路。

那时节村里人一半进城过冬，一宅宅院子空在沟里。留下的人喂羊养猪，各扫门前雪，时有亲戚上门，吃喝一顿。

还是有一只老鼠进屋了，把我们住的屋子当成家。它在屋顶的夹层里啃保温板，掉下一堆白色颗粒。在书架上窜上窜下，偶尔在某一本书上留下咬痕和尿迹。钻进我写废的宣纸堆，弄出一阵纸的声音，和我白天折宣纸时弄出的声音一样。爬上我插干花的陶瓷酒瓶，不小心翻倒酒瓶。还吱吱吱叫。屋里就我和它，如果它不是叫给我听，便是自言自语了。它应该知道屋里有一个人在听它叫，它满屋子走动，用这些响动告诉我这个屋子是它的吗？

最难忍的是它晚上咬炕头的大木头磨牙，大炕用一根直径半米的大木头做炕沿，木头原是人家老房子拆下的横梁，表皮油黄发亮，似乎那家人百年日子的味道，都渗在木头里。炕面是木板，贴墙顶天立地一架书。书架的圆木也是老房子拆下的料。当初用木板一块块地封住炕面时，我就想到了这个空洞的大炕底下，肯定是老鼠的家了。

老鼠不早不晚，等到我睡下，屋子安静了，开始咬木头，咯吱咯吱的声音响在枕头底下。它在咬炕沿的老木头磨牙。我咳嗽一声，它不理睬。我用拳头砸几下床板，它停住，我头一挨枕头，它又开始咬。我在它咬木头磨牙的声音里睡着，有时半夜醒来，听见它在地上走，脚步声轻一下重一下。

我从厨房带两个土豆过来，在炉子里烧一个吃了。第二天，剩下的那个土豆不见了。一个拳头大的土豆，它怎么搬走的，又藏在了哪里。

一次我们离开半个月，它把屋里能吃的都搬走吃了或藏了起来。客人带来的两包小袋装的鹰嘴豆，它从一个角上咬烂外包装袋，把小袋装鹰嘴豆全搬空。我在炕边的洞口处，看见一堆吃空的小塑料袋。它可能真的饿坏了，我在书架上作为插花的一大束麦子，全被它掐了穗头。连插在花瓶的一大把干野花都没放过，有籽的花秆都咬断。一篮子苹果吃得一个不剩。留下过年吃的一个大甜瓜，被它从一头咬开一个洞，又从另一端开洞出去。我侧头看它咬穿的甜瓜里面，散扔着甜瓜籽皮，瓜瓤依然新鲜黄亮，本来留着自己吃的甜瓜，让这只老鼠品尝了。

厨师王嫂说，他们家灭老鼠，一是投药，二是放夹牢，三是布电线。

我们院子不投药，有猫有鸡有狗。况且，凡是跟药沾边的我们都不用，村里人打农药、除草剂，上化肥，我们全不用。

夹牢买来一个，铁丝编的方笼子，诱饵挂里面，老鼠触动诱饵，出口会啪地关住。当晚在诱饵钩上挂了半个香梨，老鼠爱吃香梨，上次回家留在书房的半箱子梨都让老鼠吃了。老鼠果真进了笼子，咬梨吃，触动机关，铁笼子啪地关住。我们睡着了，没听见笼子关闭的声音。可能没关死，老鼠硬是挤一个缝逃了，把几缕灰色的鼠毛挂在铁丝上。接下来的几天几夜，诱饵依旧是香梨，夜里老鼠依旧在床板下啃木头磨牙，就是再也不进笼子了。

我想菜籽沟的老鼠被各种各样的夹牢灭了几十年，早认下这个东西，知道它的厉害了。为了迷惑老鼠，我把那个黑铁丝笼子拿白纸包住，诱饵放在里面，老鼠记住的也许是那个黑色的方笼子，现在笼子变成白色的，它就不觉得危险。

可是，老鼠不上当。

我把夹牢移到隔壁房子，想这只老鼠没夹住不进笼子了，别的老鼠会进。结果呢，换了几个房子，还在常有老鼠出没的鸡圈放了几天，笼子里做诱饵的香梨都干了，没一只老鼠上钩，好像书院所有的老鼠都知道这是夹老鼠的夹牢，都绕着走了。

夹牢没用，五十块钱买来电灭鼠器，一个简易的盒子，我研究半天没敢用，那个电灭鼠器太玄乎，它直接将铁丝接上电源，拉在地面十公分高处，铁丝上吊诱饵，老鼠看到诱饵会立起身去吃，或将前爪搭到铁丝上，只要一挨铁丝，就立即电死。

我问王嫂，他们家的电灭鼠器打死过的老鼠多吗？

"打死好几个。"王嫂说，"就是操心得很，人不小心挨上也会电死。"

我们没有别的办法，只好堵住墙根能看见的所有朝外的洞，不让其他老鼠再进屋。这只自然也跑不出去。我只忍受一只老鼠闹腾。我想，老鼠的寿命也就两三年，这只老鼠有两岁了吧，我会等它老死。去年冬天它啃木头的声音好像更有劲，我们忍过来了。春天正在临近，夜晚屋子里没以前冷了，它啃木头的声音也变得迟钝，随着它进入老年，也许会越来越安静，不去啃木头磨牙，它的牙也许在开春前就会全掉了。它会不会变得老眼昏花，分不清白天黑夜，会不会糊涂得再不躲避人，步履蹒跚在地上走。如果它真的那样，我们怎么办？我是说，如果那只老了的老鼠，真的不再惧怕我们，跑到眼前，我们该如何下手去灭了它。

这真是件麻烦的事情。

在它老死之前，我们和它共居一室的日子，好像仍然没有边。我已经习惯它咀嚼木头磨牙的声音，习惯了它留下的一屋子老鼠味。每次回到书院，金子都先打开所有门窗，把老鼠味道放出去。我甚至在夜里听不见它磨牙的声音了，是它不再磨牙，还是我的耳朵聋了再听不见？要说衰老，或许我熬不过一只老鼠呢。在它咯吱磨牙的夜晚，我的牙齿在松动，我的瞌睡越来越多，我在难以醒来的梦中长出更多皱纹。还有，在我逐渐失聪的耳朵里，这个村庄的声音在悄悄走远，包括一只老鼠的烦人响动。

终于，我们和一只老鼠一起熬到春天，院子里的厚厚积雪已经融化，冬天完全撤走了，把去年的果园、菜地、林间小路都还给了我们。金子打开前后门窗，在明媚的阳光里，要把一冬天的阴气和老鼠味道全放出去。

　　这时,我看见那只和我们折腾了两个冬天少有谋面的大老鼠,摇摇晃晃走出来了。它迟钝地迈着步子,往敞开门的光线里走。

　　我喊金子,喊方如泉,喊王嫂,喊烧锅炉的老爷子。

　　大家全围过来,看着一只大灰老鼠,颤巍巍走出门,它显然不是因为害怕而颤抖的,它老了。它费劲地翻过门槛,下台阶时摔了一跤,缓慢爬起来,走到春天暖暖的太阳光里。它可是一个冬天都没见到太阳,好像晕了,朝我脚边跌撞过来,我赶紧躲开。我被它的老态吓住了。在我们讨论着要不要打死它的说话声里,它不慌不忙,朝有鸟叫和水声的院墙边走去。它或许记得两年前走进这个院子的路,那里有一个排水洞,通到院墙外的小河沟,翻过河沟,过马路上坡,就是年年人种老鼠收的旱地麦田,那是它过夏天和秋天的最好地方了。

2015年—2017年8月17日

说给驴听

阿赫姆牵着毛驴在路上走,库半村长骑摩托迎面过来,摩托车后面跟着他家的黑公狗。

库半村长说:"别人都把驴换成三轮摩托了,你驴师傅还牵着驴。"

阿赫姆说:"你村长骑摩托了,摩托后面跟的不还是狗吗?"

库半说:"村里驴少了,你驴师傅也不要大意,千万别让驴再惹出事。就是剩下一头驴,你也是驴师傅。"

阿赫姆说:"你村长不要光耳朵朝上听领导的话,村里出了这么多事,你就不想听听驴说什么吗?"

库半说:"大家都知道你能听懂驴叫,你早知道了玉素甫挖的洞,你就是不说。现在你说给驴听去吧。"

阿赫姆说:"我就想说给你听。"

库半说:"我现在人的事都忙不完,没工夫听你说驴的事。"

阿赫姆说:"你选村长时驴也帮过忙,你骑着驴在夜里一家一家拉选票你忘了吗？"

库半说："你这个驴师傅到底想说啥，赶快吭声。"

阿赫姆说："我就是嗓子痒了，想像驴一样叫一阵。驴快没有了，总得让我这个驴师傅出来说说驴的事吧。你们不是都想知道驴在叫什么想什么吗？你耳朵夯起来听，我放开嗓子说了。"

阿不旦村是坎土曼刨出来的。驴这样认为。村里的每一寸土都被坎土曼刨过。坎土曼开荒，坎土曼种地，坎土曼锄草，坎土曼浇水，坎土曼挖土豆、胡萝卜。坎土曼每年把地翻一遍，有的年成翻两三遍。坎土曼挖地基，坎土曼垫土，坎土曼和泥巴，坎土曼往房上扔泥巴。坎土曼平整院子，坎土曼修路。坎土曼挖坑栽树，坎土曼挖树根。坎土曼提来沙子烧烫给割礼的巴郎子消炎。坎土曼在野外当枕头睡。坎土曼头朝上搭在墙头，插在墙缝，挂在房梁。坎土曼刃朝下。坎土曼挖麻扎墓室。坎土曼封土。坎土曼干这些活时毛驴都在旁边，坎土曼和毛驴是一起的。

驴看见驴车上放着坎土曼，就放心。驴认为手里拿坎土曼的人是好的，拿别的东西的人是不好的。因为坎土曼能干出啥事情驴清楚。别的东西驴不清楚。驴一直跟坎土曼一起去干事情，坎土曼挖的东西，装在驴车上拉回来。驴认为世界就是这样的，有一个坎土曼，有一头驴，一个赶驴的人，就够了。驴看见坎土曼放在拖拉机上，就生气。驴不知道那些坎土曼跟着"突突突"的拖拉机去干了啥。

驴很早就感到坎土曼的活不多了,驴为坎土曼操心。坎土曼是死东西,它不知道驴为它操心。这些年村里来的新东西,多半是驴车拉来的。驴看着眼花,不认识。驴就盯着坎土曼。驴觉得坎土曼是另一个驴,跟自己拴在一起。只要坎土曼还在人手里,驴就放心。尽管一些人不扛坎土曼了,但是用坎土曼的人还是多。驴就经常盯着坎土曼看。坎土曼立在墙根,驴拴在棚下。有月亮的夜晚坎土曼刃反着白光,驴眼睛反着蓝光。它们相互盯着看,这样的陪伴,以前在驴看来似乎一直到永远。现在驴不这样认为了。驴早就感到它不喜欢的一种日子在很快地到来。最早拖拉机来的时候,驴就用鸣叫对抗。更多的东西在驴叫声里来到村子。驴知道不管自己叫不叫,世界都在变成另外的样子。但是,驴为啥不叫呢。驴要叫。驴在大巴扎上狠狠地叫了一场,几万头驴齐声鸣叫。驴叫的时候,听见满天地驴的声音,仿佛世界是它的驴圈。

草为驴长。驴啥草都吃,地里就啥草都长。驴从来不愁吃。人的粮食没有驴的草多。庄稼种不好,都是驴吃的草。人粮食充裕时给驴槽里拌把苞谷糁。缺粮时人却不能吃驴的草。

房前屋后的树也为驴生长,树长成驴车辕木的样子,长成车轴的样子,长成车架和绳拘的样子。那些白杨树、桑树、榆树、沙枣树、杏树、白蜡树,最终长成院子里有用的一件件东西。直木头盖房子,歪木头搭驴圈棚,分叉的木头当草棚柱子,长朽的木头里面挖空,做驴槽,多余的木头躺在墙根睡觉,睡到哪一年抬过来,被木匠锯开,做成一样家具。睡觉的木头经常用来拴驴。驴喜欢被拴在躺下的木头上,不喜欢被拴在长着的树上。树上有叶子,哗啦啦响,驴吃不上。树皮驴也不能啃。一棵拴过驴的树,跟没拴过的树,长得不一样。村里有些树叫拴驴树。村长亚生家门口的一排杨树,就是拴驴树。拴驴树,长不直。拴过驴的树都有驴脾气。

村里拴驴拉歪的树,驴蹭痒蹭斜的树,都歪着长大长老。驴喜欢歪东西。那些直东西,驴看不惯,总想把它们整歪。

阿不旦的麦子、苞谷、西红柿、甜瓜都是在驴叫声里开花结果的。驴叫像土壤和空气一样。没有驴叫,连树都不知道怎么生长。驴认为白杨树跟着驴叫声直直往上长。狗认为葡萄藤顺着悠长的狗吠爬上房。鸡认为鸡叫声里苞谷结籽,葵花抬头。牛哞让土豆有好收成,牛这样认为。

在阿不旦村,天空是有驴叫声的。天空着干什么,给驴叫。驴叫声大,院子盛不下,村子盛不下,乡里盛不下,县里盛不下。驴就往天上叫。

叫到天上的驴鸣,又落回来喊地上的人。

院子里没有毛驴的家还叫家吗?没有毛驴鸣叫的夜晚还叫夜

晚吗？没有驴蹄印的路还叫路吗？没有在驴身上磨过刀子的巴郎子还能长大吗？

驴最担心的是这个村庄的人，他们骑在驴背上想清楚的事情，骑在三轮摩托上还能不能想清楚？他们坐在驴车上明白的东西，坐在汽车上可能全糊涂了。

驴看到一家一家的驴卖了，换来三轮摩托。一辆一辆三轮车在路上飞跑，驴车追不上。三轮车和驴车一起出村，三轮车跑到老城办完事回来，驴车还慢悠悠走在半道上。驴不知道三轮车跑那么快去干啥。

来村里推广三轮车的人说："你们的好时光都让驴和驴车耽搁了，驴车多慢啊，一小时才走四公里。三轮车一小时跑四十公里。快十倍。你们一辈子坐驴车浪费掉的时间，加起来要多干多少事情，创造多少财富，增加多少收入啊。"

驴听到这些话直摇头。驴想，人需要那么多时间去干地里的活吗？每家就一点点地，种子播下去，人就没事了，等着种子发芽，种子也在等自己发芽。种子发芽了，苗长出来，草也长出来，人会忙一阵子去锄草，草锄完又没事了，人等着庄稼长高，庄稼也这样等自己。

人在驴车上闲住了吗？没有，人在等。等也是一种劳动。等的时候腿会困，肚子也会饿。等着人也会老。这些人不等待庄稼生长会等待什么。别的东西要他们去等待吗？他们等不来。他们扛着坎土曼等挖管沟的时候，驴就知道他们等不来。但是驴不吭声。驴只是追着跟石油卡车比叫声。驴抬头看着高高的石油井架，村里人都觉得那个井架高得不得了，驴不这样想，驴认为它的叫声在高入云端的井架之上。驴还知道那些在井架上工作的人，满耳朵听见的都是它的叫声。驴不把这些告诉人，人认为他们的事情不需要驴多嘴。驴跟人一起等。等那个挖管沟的活。人不等这个活等啥呢，多少年了家门口就来了这么一件坎土曼干的活，人明知等不到也会等。等的时候驴站得腿也困呢，肚子也饿呢，等也是一种生活。这个村庄的人，多少年就过着一种叫等的生活。他们啥都等不来。

　　人养驴，驴也养活人。家里劳动最累的是男主人，其次是女主人，再次是毛驴子，再再次是巴郎子。毛驴子在家里的位置相当于主人的大儿子。儿子小时候要人养，养大帮父母干不了几年活，又娶媳妇分家去过自己的日子。毛驴子不会。它是主人最靠得着的大儿子。主人养活它，它帮主人干活。人的活不是驴样样能干的，驴没有手。驴只干拉运的活。所以驴比男女主人都清闲。

　　驴吃得少，吃杂草，能和穷人过日子。不像羊，一天到晚嘴不停。羊知道自己到世上主要是来吃草的。吃胖了被人吃掉。吃不胖也会被人吃掉。羊想开了，以吃草为乐。猫跟着老鼠一起来到人家里。人不喜欢猫，但更不喜欢老鼠，就留着猫捉老鼠。猫从不把老鼠捉光。猫吃老鼠就像人吃羊。人养羊吃羊，猫对老鼠也这样。狗给人看家,狗把人家当狗窝。狗最会讨人喜欢。狗原来吃鸡吃羊吃鸽子吃牛,跟了人,这些东西都在狗嘴边,跟自己一个院子,狗哪个都不能咬,不敢吃。但哪个的骨头狗都没少啃。人吃肉,狗啃骨头。骨头里总还有肉。

驴是动物中的硬骨头。驴给人出力气,也给人耍脾气。驴顺从人,也倔强人。驴为啥要保留着人不喜欢的倔强脾气。驴为人保留。驴看人也是有脾气的,也是倔强的。但人的脾气和倔强渐渐被磨掉。驴觉得人不能没有这些。人要变得跟羊一样乖顺,驴都会看不起人。所以,人不敢大声说话的时候,驴放开喉咙叫。驴尥蹶子,甩套子。驴就是要让人看见,什么叫倔强和脾气。驴把人脾气惹出来,驴倒霉。拿棒子打驴。驴挨打,皮肉疼,心里舒畅。人终于像个人了,能扯嗓子吼喊,甩膀子大干。尽管大干的是打驴的事,人骂不乖顺的人是犟驴,哪个动物没有倔强和脾气,都有,都被人驯服了。人的脾气被谁驯服了,驴不知道。但驴知道人得有脾气。驴替人也替所有动物保留着倔强脾气。

人睡着时驴在黑暗驴圈中想事情,驴驮着人拉着车时眼睛眯着想事情,驴交配时闭住眼睛想事情。驴认为自己把好多事情想清楚了。驴想到自己要从这个世界上消失,驴的鸣叫中早就透出悲哀的声音。一个没有驴的世界是什么样子,驴不知道。早在几年前,驴就经常站在高楼林立的县城边,窥视没有驴的县城。驴对新县城也不陌生,早几年驴车还是可以在县城街道上走的,后来就不让了。驴车要绕过半个县城，才能走到老城巴扎。驴看新县城街上的人，也陌生。人跟驴和驴车在一起时，是一个样子，离开驴和驴车又是另一个样子。驴那时并不悲哀。驴知道自己在看，尽管那些宽敞漂亮的街道上没有一头驴，但它在驴的眼睛里，驴还能看见。如果有一天，这个没有驴的庞大世界边缘，连一双看着它的驴眼睛都没有了，那才是悲哀。驴清楚这一天正在来到。人不清楚。驴眼睛里满是告别的神情，人看不见。驴一头头地从人身边消失的时候，驴没看见人伤心，也许有人伤心，驴不知道。人顾不上伤心，取代驴的是人更喜欢的东西。这些年来那些消失的毛驴子换来了自行车、摩托车、拖拉机、电视、汽车。人很快喜欢上它们。这些铁东西有什么好的呢？拖拉机不会下小拖拉机不会尥蹶子不会驴打滚不会拉着车自己回家不会给主人解闷不会说话，人为啥会喜欢它呢？驴独自为自己和人伤心。驴知道人会变得越来越孤独。每当人身边消失一个生命时，人的世界就泯灭一次。驴认为人活在羊、狗、驴、老鼠、鸡、鸟和草木的眼睛里。当这些眼睛全部闭住，人只孤独地存在于人的眼睛中时，人的世界便荒谬了。人看不见人。到那时，人不能看见自己，人不能证明人是好的，人祈求人之外的上帝之眼时，人会不会想到，当年，一头驴站在人世边缘，悲悯地看着人和人的世界。也许它就是上帝。

人把它当驴驱赶了。

"在人身边消失的，人以后都要到天上去寻求。"驴冥冥中听到谁说的这句话。难道以后，他们真会到天上去找我们这些上天赐给他们的毛驴子吗？

驴感到自己的末日来临，驴一直警觉地看着听着闻着，蹄子试探地触摸着。驴还知道这个村庄早被人凿空。驴圈下、路下、林带下、房子和棉花地下，到处是被凿空的地洞。

在人挖洞之前，老鼠已经把村庄下面挖空，每家的地窖早已经把地下凿空。毛驴在多少年前就听见地下的挖掘声，这几年挖洞的人更多了，村子下面更多的地方被挖空。毛驴还听见有一个人的地洞从外面挖到了村子下面，这个人还在村子下面来回地走动。在他的地洞旁边，是另一个人的长长地洞。这个地洞被灌满水后并没有塌，水渗下去后地洞黑黑地空在下面。那些洞说不定啥时候塌。也许一直不塌，空空地支撑着。在它下面，是黑乎乎的石油抽光后留下的空洞，更大，更深，地狱一样。

我们就生活在这样的土地上。毛驴担心地想。说不定啥时候，我们就掉下去，即使我们掉不下去，我们的儿子、孙子也会掉下去。黑洞在地下等候。迟早有一天，轰隆一声，或者什么声音都没有，无声无息，还没长熟的麦子掉下去，眼看吃到口的杏子掉下去，傍晚回村的羊群掉下去，房子和房前屋后的白杨树掉下去，馕坑掉下去，清真寺的拱顶和弯月掉下去，坎土曼掉下去，村长和会计掉下去，铁匠掉下去，镰刀和盘成圈的绳子掉下去，井掉下去。最先掉下去的是毛驴，毛驴的蹄子沉重，这块凿空的土地

223

最终被驴蹄踩塌，驴的一个后蹄陷进去，另一个也陷进去，驴想挣扎出来，却越陷越深，土地整块地下沉，路下沉，河下沉，驴的两个前蹄乱刨，什么也抓不住，嘴大张，什么也咬不住，也叫不出声音，整个身体和身后的驴车，无声地掉进去。

在驴脊背上，骑着阿不旦人的父亲、爷爷，驴车上坐着他们的妻子和花朵一样的女儿。

他们的儿子没掉下去，他们回来时村庄不见了，世代生活的地方变成一个无底大坑，他们围着坑边喊，喊声掉下去，他们哭，哭声掉下去，月亮和太阳掉下去。他们围着这个无底大坑生儿育女。死掉多少，他们再生出多少。他们出生以后还会死掉，掉进大坑。直到他们把所有坑填平，所有洞堵住，用一代一代人的生命。

到那时候，站在他们身边的还是不是毛驴子，扛在他们肩头的还是不是坎土曼。驴不知道。

一个人的村庄

我出去割草，去得太久，我会将钥匙压在门口的土坯下面。我一共放了四块土坯迷惑外人，东一块，西一块，南北各一块。有一年你回来，搬开土坯，发现钥匙锈迹斑斑，一场一场的雨浸透钥匙，使你顿觉离家多年。又一年，土坯下面是空的，你拍打着院门，大声喊我的名字。那时村里已没几户人家，到处是空房子，到处是无人耕种的荒地，你趴在院墙外，像个外人，张望我们生活多年的旧院子，泪眼涔涔。

芥，我说不准离家的日子，活着活着就到了别处。我曾做好在黄沙梁等你一生一世的打算，你知道的，我没这个耐力，随便一件小事都可能把我引向无法回来的远处。在过去的几十年里，村里人就是为一些小事情一个一个地走得不见了。以至多少年后有人问起走失的这些人，得到的回答仍旧是：

他割草去了。

她浇地去了。

人们总是把割草浇地这样的事看得太随便平常。出门时不做任何准备，不像出远门那样安顿好家里的一切。往往是凭一个念头，也不跟家里人打声招呼，提一把镰刀或扛一把锨就出去了，一天到晚也不见回来，一两年过去了还没有消息。许多人就是这样被留在了远处。他们太小看这些活计了，总认为三下五下就能应付掉。事实上随便一件小事都能消磨掉人的一辈子，随便一片树叶落下来都能盖掉人的一辈子。在我们看不见的角角落落里，我们找不到的那些人，正面对着这样那样的一两件小事，不知不觉地过去了一辈子。连抬头看一眼天的时间都没有，更别说地久天长地想念一个人。

我最终也一样，只能剩一院破旧的空房子和一把锈迹斑斑的钥匙——我让你熟悉的不知年月的这些东西在黄沙梁，等待遥无归期的你。我出去割草。我有一把好镰刀，你知道的。

多少年前的一个下午，村子里刮着大风，我爬到房顶，看一天没回家的父亲，我个子太矮，站在房顶那截黑乎乎的烟囱上，踮起脚朝远处望。当时我只看见村庄四周一片浩浩荡荡的草莽。风把村里没关好的门窗甩得啪啪直响，连一个人影都看不见，满天满地都是风声，我害怕得不敢下来。

我母亲说，父亲是天刚亮时扛一把锨出去的。父亲每天都是这个时候出去。我们从来不知道他在侍弄哪块地。只记得过了不多长时间，父亲的那把锨就磨得不能使了。他在换另一把锨时，总是坐在墙根那块石板上,一遍又一遍地刮磨那根粗糙的新锨把,干得认真而仔细。有时他抬头看看玩耍的我们,也偶尔使唤我给他端碗水拿样工具。我们还小,不知道堆在父亲一生里的那些活,他啥时候才能干完,更不知道有一件活会把父亲永远留在一块地里。

多少年来我总觉得父亲并没有走远,他就在村庄附近的某一块地里,某一片密不透风的草莽中,无声地挥动着铁锨。他干得忘记了时间,忘记了家和儿女,也忘记了累。多少年后我在这片荒野上游荡,有一天,在草莽深处,我看见一大片翻得整整齐齐的耕地,我一下认出这是父亲干的活。我跑过去,扑在地上大喊父亲、父亲……我听见我的声音被另一个我接过去,向荒野尽头传递。我站起来,看见父亲的那把铁锨插在地头上,木把已朽。我知道父亲已经把活干完了,他正在回家的路上。我也该回家看看了。我记不清自己游荡了多少年,只觉得我的身体在荒野上没日没夜地飘游,没有方向,没有目的,也不知道累,若不是父亲翻虚的这片地挡住我,若不是父亲插在地头的铁锨提醒我,我就无边无际地游荡下去了。

芥,那时候家里只剩了你。我的兄弟们都不知到哪里去了,他们也和父亲一样,某个早晨扛一把锨出去,就再不回来了。我怎么也找不到他们。黄沙梁附近新出现了好多村子,我的兄弟们或许隐姓埋名生活在另一个村庄了。有些人就是喜欢把自己的一生像件宝贝似的藏起来不让人看，藏得深而僻远。

我记得三弟曾对我说过，一个人就这么可怜巴巴的一辈子，为啥活给别人看呢。三弟是在父亲走失后不久说这句话的，那时我就料到，三弟迟早会把自己的一生藏起来。没想到我的兄弟们都这样小气地把自己的一辈子藏在荒野中了。

我把钥匙压在门口的土坯下面，我做了这个记号给你，走出很远了又觉得不踏实。你想想，一头爱管闲事的猪可能会将钥匙拱到一边，甚至吞进嘴中嚼几下，咬得又弯又扁。一头闲溜达的牛也会一蹄子下去，把钥匙踩进土中。最可怕的是被一个玩耍的孩子捡走，走得很远，连同他的童年岁月被扔到一边。多少年后，这把钥匙被一个有贼心的人捡到，定会拿着它挨家挨户地试探，在人们都不在的一天，从村子一头开始，一把锁一把锁地乱捅。尤其没开过的锁，往里捅时带着点阻力，涩涩的，能勾起人的兴致。即使根本捅不进去，他也要硬塞几下。一把好钥匙就这样被无端磨损，变细、变短，成为废物。遭它乱捅的锁孔，却变得深大而松弛，这种反向的磨损使本来亲密无间的东西日渐疏离。爱情也是这样。这么多年我循序渐进地深入你，是我把你造就得深远又宽柔。我创造了一个我到达不了的远方，挖了一口自己探不到底的深井。在这个漫长过程中我自己被消损得短而细小。爱情的距离就这样产生了。

早晨微明的天色透进窗户,你坐起身,轻轻移开我压在你腹部的一条腿。

你说:"那块地都荒掉了。"

"哪块地?"我似醒非醒地问你。

接着我听见锄头和铁锨轻碰的声音、开门的声音。

我醒来时不知是哪个早晨,院子扫得干干净净,柴垛得整整齐齐,细绳上晾晒着洗干净的哪个冬天的厚重棉衣。你不在了。

村子里依旧刮着大风,我高晃晃地站在房顶朝四处望。风穿过空洞的门窗发出呜呜的鬼叫声。已经多少年了,每次爬上房顶我都在想,有一天我一定提一把镰刀出去,把村庄周围的草全都割倒。至少,割出一个豁口,割开一条道。我父亲走失的第五年,有一天,我在房顶上看见村西边的沙沟里有一片草在摇动。我猛然想到是不是父亲,我记得母亲说过:"你父亲就喜欢扛一把锨在乱草中倒腾,他时不时地在一片草莽中翻出块地来,胡乱地撒些种子,就再不管了。"吃午饭时,母亲又说:"爬到房顶看看,哪片草动弹,肯定是你父亲。"

我翻过沙梁,一头钻进密密麻麻的深草。草高过了头顶,我感到每一株草都能把我挡到一边,我只有一株草一株草地拨开它们。结果我找到了一头驴。我认出是几年前王五家丢掉的那头,当时王五家为了这头驴惊动了方圆几百里,几乎远远近近每一条路上都把守着王五家的亲戚,村里每一户人家都被怀疑。没想到驴就藏在离王五家不远的一片荒草中，几年间它没移动几步，嘴边就是青草，它卧在地上左一口右一口地就能吃饱肚子，对驴来说这是多好的日子。它当然不愿再回到村里去受苦。可王五家却惨了，本该驴做的事情都由王五家的人分担去做了。才几年工夫王五的腰就弓成驴背了。我出于好心把驴拉了回去送到王五家。王五的婆姨抱着驴脖子哭了好一阵，驴被感动了似的也吭吭地叫起来。王五的婆姨哭够了转过身来，用一双泥糊糊的眼睛瞪着我说："你爹出去几年了？"

"五年了。"我说。

"那就对了。"王五的婆姨一拍巴掌，说。

"我家的驴也丢掉整整五年了，肯定是你爹把我家的驴拉出去使唤了五年，使唤成老驴了，才让你给送过来。你说，是不是？"

芥，我记得我们种过一块地，离村庄很远。一个春天的早晨，我们赶马车出去，绕过沙梁后走进一片白雾蒙蒙的草地，马打着响鼻。我爬在装满麦种的麻袋上，你躺在我身旁。我清楚地记得有一股大风刮过你的嘴唇，朝我的眼睛里吹拂，我什么都看不见了，只闻到一股熟悉的来自遥远山谷的芬芳气息。马车猛然颠簸起来，一上一下，一高一低，一起一伏，我忘掉了时间，忘掉了路。不知道车又拐了多少个弯，爬了几道梁，过了几条沟。后来车停了下来，我抬起头，看见一片一望无际的野地。

芥，我一直把那一天当成一场梦，再想不起那片野地的方向和位置。我们做着身边手边的事，种着房前屋后的几小块地，多少个季节过去了，我似乎已经忘记我们曾无边无际地播种过一片麦子。我只依稀记得我们卸下农具和种子时，有一麻袋种子漏光在路上了。

后来我们往回走时，路上密密麻麻长满了麦子。我们漏在路上的麦种，在一场雨后全都长了出来，沿路弯弯曲曲一直生长到家门口，我们一路收割着回去。芥，我一直不敢相信的一段经历你却把它当真了。你背着我暗暗记住了路。那个早晨，我在睡意蒙眬中听见你说：那块地长荒了。我竟没想到你在说那一片麦地。现在，你肯定走进那片无边无际的麦地中了。

我带走了狗，我不知道你回来的日子，狗留在家里，会因怀念而陷入无休止的回忆。跟了我二十年的一条狗，目睹一个人的变化，面目全非。二十年岁月把一个青年变成壮年，继而老态龙钟。狗对自己忠诚的怀疑将与日俱增。在狗眼里，人一生中的不同时期是不同面孔的好几个人。它忠心尾随的那个面孔的人，随着年月渐渐就不见了。取而代之的是另一副面孔另一番心境的一个人，还住在这个院子，还种着这块地。狗永远不能理解沧桑这回事。一个跟随人一辈子的忠犬，在它的自我感觉中已几易其主，它弄不清人一生中哪个时期的哪副面孔是它真正的主人。

狗留在家里，就像你漂泊在外，是我最放不下的心事。

一条没有主人的狗,一条穷狗,会为一根干骨头走村串巷,挨家乞讨,备受人世冷暖,最后变得世故,低声下气,内心充满怨恨与感激。感激给过它半嘴馊馍的人,感激没用土块追打过它的人,感激垃圾堆中有一点饭渣的那户人。感激到最后就没有了狗性,没有一丁点怨恨,有怨也再不吭声,不汪不吠。游荡一圈回到空荡荡的窝中,见物思人,主人的身影在狗脑子里渐渐被怀念成一个幻影,一个不真实的梦。

这还不是最重要的。你回来晚了,狗老死在窝里,它的没见过你的狗子狗孙把守着院子。它们没有主人,纯粹是一群野狗,把你的家当狗窝,不让你进去。

家是很容易丢掉的,人一走,家便成一幢空房子。锁住的仅仅是一房子空气,有腿的家具不会等你,有轱辘的木车不会等你,你锁住一扇门,到处都是路,一切都会走掉。门上的红油漆沿斑驳的褪色之路,木梁沿坑坑洼洼的腐朽之路,泥墙沿深深浅浅的风化之路,箱子里的钱和票据沿发黄的作废之路……无穷无尽地走啊。

我在荒草没腰的野地偶一抬头,看见我们家的烟囱青烟直冒,我马上想到是你回来了,怎么可能呢?都这么多年了,都这么多年了,我快过惯没有你的日子。

我扔下镰刀往回跑。

一个在野外劳动的人,看见自己家的炊烟连天接地地袅袅上升，那种子孙连绵的感觉会油然而生。炊烟是家的根。生存在大地深处的人们，就是靠扎向天空的缕缕炊烟与高远陌生的外界保持着某种神秘的联系。

炊烟一袅袅，一个家便活了。一个村庄顿时有了生机。

没有一朵云，空荡荡的天空中只有我们家那股炊烟高高大大地挡住太阳，我在它的阴影中奔跑，家越来越近。

我推开院门，一个陌生男人正往锅头里塞柴火，我一下愣住了，才一会儿工夫，家就被别人占了。我操了根木棍，朝那个男人蹲着的背影走去。

听到脚步声，他慢腾腾地转过身。

"你找谁？"他问。

"你找谁？"我问。

"我不找谁。"他说着，又往锅头里塞了根柴火，我看见半锅水已经开了，噗噗地冒着热气。

这个男人去另一个村庄，路过院门口时，一脚踩翻土坯，看见我留给你的钥匙。他小心翼翼地捡起来，擦净上面的锈和尘土，顺手装进口袋。走了几步他又返回来。我一共留给你五把钥匙，能打开五扇门。我们家能锁住的地方我都上了锁。

他捡出一把粗短的黄铜钥匙，对准锁孔塞了几下，没塞进去。又捡出另一把细长的，没费劲就塞了进去，捅到底了，还露半截在外面，他故意扭了几下又拔出来。捅进第三把钥匙时，锁打开了。他在院子里转了一圈,然后又挨个地打开每一间房子。

他先走进一间宽大低矮的卧房,看见一张占据了大半个房间的几十米长的大土炕,他有点吃惊,从没见过这么大的土炕。他想,这家男人肯定雄壮无比呢,他修了一个如此阔大的炕,一定想生养几十个儿女。有这种雄心的男人一般都有健壮体魄,又娶到一房样样能行的好媳妇,有了这些天赐的好条件,他就会像种瓜点豆一般,从大土炕的那头开始,隔一尺种一个儿子,再隔一尺插花地播一个女儿。这是长达几十年的辛勤劳作,要保质保量地种下去又不种出歪瓜裂枣也不容易。再能行的男人赶种到大土炕的另一头也会老得啥也干不动,腰也弯了,腿也瘸了,甚至再没力气下炕。而从这个大土炕上齐刷刷站起来的一群儿女,在一个早晨像庄稼一样密密麻麻立在地上,挡住从窗外照进来的那束阳光。

他想,这家男人在年轻气盛时一定很自负地算好了一生的精力和时间,才修了一个这样巨大的土炕,他对自己太有信心了。多少年后的今天,显然,他连半个儿子也没种出来,大土炕上一片荒芜,长着些弱小的没咋见阳光的杂草。只有靠东头的炕角上,铺着张发黄的苇席和半条烂毡,一床陈旧的大花棉被胡乱地堆在上面。

是什么东西阻止或破灭了这家男人的雄伟梦想呢?他不知道。

他用一根指头在布满裂缝的桌面上抹了一下,画出一道清晰的印子,尘土足有铜钱厚。他是个流浪人,可能从没安心在一个地方长年累月地体验过一件事情。不像我,多少年来看着一棵树从小往大地长。守着一个院子,从新住到旧。思念着一个人,从年轻到年老昏沉。他没这种经历,因而弄不清多少年的落尘才能在桌面上积到铜钱这么厚。

他转过身,穿过满是杂乱农具的库房,墙上挂的,梁上吊的,地上堆的,各式各样的农具。有些他从没有见过,造型古古怪怪,不知是干什么活用的。

芥,有些活是只有我能看见的,它们细小或宏大地摆在我的一生里,我为这些不同种类的活制造了不同式样的专用农具。我不像父亲,靠一把简单的铁锹就能对付一辈子。有些活通过我的劳动永远不见了,或者变成另一种活等候在岁月中了。我埋掉的一些东西成为后人的挖掘物时,那种劳动又回来或重新开始了。我割倒垛在荒野中的干草,多少年后肯定有人赶一辆车拉回村里。这些深远的东西一个过路人怎能看清看透呢?他只会惊叹:这家男人长着怎样有力的一双手啊!他为自己准备了如此多而复杂的一库房农具,他到底想干掉多少活、干出多大的事业,这些农具中的哪一件真正被用过?

他打开另一扇门,一股谷物腐烂的霉味扑鼻而来。这间房子没有窗户,光线很暗,只有接近房顶的墙上有两个很小的通风洞,房子中间突兀地立着一堵墙,墙的半腰处有个黑洞洞的豁口,他把头探进豁口,看了半天,才看清里面是黑乎乎的半仓粮食。他把手伸进去,抓了一把谷物,走到院子里,在阳光下观察了一阵,又用鼻子闻了闻。

没准还能吃呢。他想。

要能吃的话,这半仓粮食够一个人吃一年了。

他在院子里转了一圈,捡了些柴火放到锅头旁。他决定住下不走了。他想,这么大一院房子,白白空着太可惜了。他本来要去另一个村庄,另一个村庄在哪儿他自己也说不清,每到一个村庄,另一个村庄便隐约出现在前方,他只好没完没了地往前走。不知走了多少年,他忘记了家,忘记了回去的路,也忘记了疲惫。

正是中午,阳光暖暖地照着村子,有两三个人影,说着话,走过村中间那条空寂的马路。

他想,先做顿饭吧,多少年来他第一次感到了饥饿。

我在这时候跑回家里。

我犯了一个天大的错误。芥,我扔下镰刀往回跑,快下午的时候,一个过路人捡走我的镰刀和一捆青草,往后很多年,我追赶这个人。我走过一个又一个喧哗或寂静的村庄,穿过一片又一片葱郁或荒芜的土地,沿途察看每一个劳动者手中的农具,我放下许多事,甚至忘记了家,忘记了等你……

芥,你不认识老四,你到我们家的时候,老四已走失多年。家里只剩下母亲和两个我至今不知道名字的小弟弟。他们小我很多岁,总是离我远远的——像在离我很多年那么远的地方各自玩着游戏。也不叫我二哥，也许叫过，只是太远了我没听清楚。他们总喜欢在某个墙根玩耍，望过去像两个投在墙上的影子。其实他们就是影子，只活在母亲的世界里，父亲离开后再没人带他们来到世上。我一直不知道我有多少个兄弟姐妹。但一定很多，来世的，未来世的，不计其数。我父亲的每一颗成熟的精子，我母亲的每粒饱满的卵子，都是我的兄弟姐妹。他们流失在别处，就像我漂泊在黄沙梁。

多少年后我在这片荒野上游荡时，我又变成了一颗精子或一粒卵子。盲目，无知。没有明确的去处。我找到了你，在很多年间我有了一个安静温暖的归宿。我日日夜夜地爱着你，我渴望通过你回到我母亲那里去。父亲走失后我目睹了母亲长达半世的寂寞和孤独。

我是不是走在一条永远的死胡同里，进来出去又进来，你让我迷路，很多年走不出这个叫黄沙梁的村子。

芥，你没看好我的母亲，你让她走了，带着我的两个不知名字的兄弟远远地走了。你指给我路，让我去追。

正是下午的时候，我扛着铁锨回来，院门敞开着，我喊你的名字，又喊母亲，院子里静静的，没有回应，对面墙上也看不见我那两个兄弟的身影，往日这个时候他们玩得正欢，墙上的影子也就最清晰真实。

我推开一扇门，又推开一扇门，家里像是多少年没有人住。

我记得我才出去了一天，早晨我出门时，你正在锅头上收拾碗筷，母亲拿一只小小的笤把在扫院子，我还想，这么大的院子母亲用一只小笤把啥时才能扫完呢？我吩咐你帮帮母亲，你答应着。树上在落叶子，我出门时，一些树叶落在母亲扫过的地方。

我在地里干着活还不时朝村里望，快中午的时候，我还看见我们家的烟囱冒了一股烟，又不见了。我头枕在埂子上睡了一觉，是不是这一觉把几十年睡过去了。

我走出院子找你和母亲，村子里空空的，一个人也看不见。我一家一家地敲门，几乎每户人家的院门都虚掩或半开着，像是人刚出去没走远，就在邻居家借个东西，去房后撒泡尿马上就回来，所以门没锁，窗户没关。但院子里的破败景象告诉我，这里已经很久没人居住。我喊了几个熟悉的人的名字。喊第三声的时候，一堵土院墙轰然而倒。我返回家里，看见你正围着锅头做饭，两盘炒好的蔬菜摆在木桌上。

"活干完了？"我听见你问我。

什么活？我在心里想着这句话，说出口的却是另一句："刚才你到哪儿去了？"

"我给你做饭哩。"

"那我回来咋没看见你。"

"你回来了？啥时？"

"刚才。"

"刚才？"你说着，又把炒好的一盘菜放在木桌上。

"那我母亲呢？"

"刚走，她说不回来吃饭了。你母亲太能吃饭了，一顿吃好几个人的饭还不停地叫饿。她说她是给你的几个兄弟吃饭的，她自己好多年前就不需要吃饭了，只喝点西北风就饱了。"

我朝你指的路上追去，没跑几步又折回来。

"那么，村里人都到哪儿去了？"

"都在哩。"

"在哪里？"

"还不是都在干自己的活哩，你想想你到哪儿去了就该知道其他人的去处。"

你说着把一碗烧好的汤放在桌上。我看见发绿的汤里扔着几根白骨。另几盘也是些腐肉和陈菜，那些菜像是多少个季节以前摘的，发着陈旧的灰黑色。虽是刚炒出来，却一点热气都没有。倒像一桌放了多年的供食。再看你，也像衰老了许多，衣袖有几处已朽烂，铜手镯绿锈斑斑，似乎这顿饭你做了很多年才做熟。炉膛里还是多年前的那灶火，盘子里是多年前的肉和蔬菜，我的胃里蠕动着的也是多年前的一次饥饿。

芥，我记得我才出去一天。

我三十岁那年秋天，我想，我再不能这样懵懵懂懂地往前活了。我要停下来，回过头把这半辈子认认真真地回味一遍。如果我能活六十岁的话，我用三十年时间往前走，再用剩下的三十年往回走，这样一辈子刚好够用。

从那时起，我停住手中的一切活计，吃着仓里的陈旧谷子，喝着井里的隔年老水，拒绝和任何一个陌生人认识，也不参与村里家里的一切事务。唯一的在外面的活动是：当我回想不起来的时候，找几个熟悉我的人聊聊往事。

那年秋天家家户户大丰收，人人忙忙碌碌。仓满了，麻袋也用完了，院子里、房顶、马路上，到处堆放着粮食。人们被多年不遇的丰收喜昏了头，没谁愿意跟我闲扯陈年旧事。他们干着今年的活，手握着今年的玉米棒子，眼睛却满含喜庆地望着来年。他们说："啊，要是再有几个这样的好年成，我们就能把一辈子的粮食全打够，剩下的年月，就可以啥也不干在家里享福了。"他们一年接一年地憧憬下去，好年成一个挨一个一直延伸到每个人的生命尽头。照这样的向往，我发现他们根本没有剩下的年月可以啥也不干待在家里享福。往往是今年的收成还顾不上吃几口，另一年的更大丰收又接踵而来，大丰收排着大队往家里涌，人们忙于收获，忙于喜庆，忙得连顿好饭都顾不上吃，一村人的一辈子就这样毫无余地地完蛋了。

我庆幸自己早早刹住了车。芥，只有你理解我。在我满屋满院子翻找那些能够证明我过去生活的旧农具、旧家什以及老账单、破鞋帽时，你不动声色地配合我，一边收拾着满院子的粮食，一边找出你早年的衣饰，穿戴在身上，用你以往的眼神和微笑对着我，说着你对我说过的话，重复着你对我做过的那些动作。芥，我就从前一天的晚上开始回想。我顶好院门，用一捆树枝把院墙上的豁口堵住。天还没有黑透，还不到睡觉的时候，你早早就喊我上炕，不让我出去转，和屋后的韩三吹吹牛、聊聊天，乘机抽他的一根烟。韩三叫我诌高兴时，就会递过一大张烟纸，抓一大撮烟颗，让我又粗又长地卷一根烟。这件便宜事我从没告诉过你，即使告诉了，你也不会放我出去一个人过瘾。我看得出，你从天一亮就开始盼着天早早黑，好早早上炕。那时你是多么狂热地依恋着我啊。多少年后的那些个晚上，当我闲着没事想出去混根烟抽时，韩三早已不在村里，他家装修考究的窗户和门变成几个怪模怪样的黑洞，遇到风天便发出呜呜的怪叫。

我坐在炕沿脱衣服时，还听到村里忙忙碌碌的人声、狗和牲畜的叫声。我忙碌的时候，不会清晰地听到其他人忙碌的声音，现在我不忙了，要忙另一件事了。你让我早早闲下来，怕我累坏了身体干不成正事。

我就从这一夜开始回忆，从三十岁的这一夜起，我就往回走了，背对着你们——一村庄人，面朝曾经发生过的事情。熄灭的油灯又亮起来，橘黄的亮光重新温馨地照着这间房子，这个几十米长的大土炕。我们睡在土炕的一头，另一头堆满了玉米棒子，都是新鲜的刚收获不久的棒子，夜里我困顿时你顺手拿过又粗又长的一个，摇醒我。你把玉米棒抓在手里，对着我的嘴唇撩来弄去。你知道怎样弄醒我。外面刮起风。我听见风把院子里的干树叶刮起来，带到很远很远的地方，紧接着一些很远处的树叶又被风刮到房顶和院子里。你不让我吹灯,你不知道灯亮着我多心疼,家里只有一小瓶灯油,我准备了好几个大桶,并排放在库房的墙根下。我想年轻时多摸摸黑,节省点灯油,到我上了年纪,老眼昏花时就会有足够的灯油,我在四周点好多盏灯。当一个人视力渐衰时,他拥有了好多盏灯,一盏一盏地,把那些他看不清的地方一一点亮,这是多么巨大的补偿啊。这种补偿不会凭空而降,要靠自己在漫长一生中一点点地去积攒。你怨我性急,我咋能不急呢,灯亮着,灯油一丝丝耗尽时,我就觉得自己没有了力气,只想早早熄灯入梦。

我站在村头观察了好一阵。月光下的黄沙梁,就像梦中的白天一样。一切都在银灰色的透明空气中呈现出原来的样子——树还是那样高,似乎我离开后树再没有生长过。房子还那样低矮,只是不知住在里面的,是不是我认识的那一村庄人。我走了半夜的黑路,神情有些恍惚,记不清自己离开黄沙梁已有多久。我好像做了一场梦,恍恍惚惚醒来,看见自己生活多年的一个村庄,泊在月色里。

就在前半夜,我还一直担心自己走错了路。我记得以前的路是在沙梁顶上蜿蜒向西,绕过一道沟后直端端戳向村子。

"谁把路朝北挪动了半里?"我自言道。

有人为了种地往往会把道路挤到一边,让过往的人围着他的地转。有一年我穿过一片戈壁去胡家海子,去时路还好好的,路旁长满了野草和灌木。几天后当我返回时,这片戈壁已被人耕翻了,并浇了水,种上粮食。我费了大半天时间才绕过去。我想,倘若这个种地人心贪,把地耕种到天边,那我就永远被隔在地这边的他乡了。

而这片荒野并没有人耕种,好像路不小心从沙梁上滑了下来,要么是向北的风一年一年地把路吹到这边了,像吹一根绳子一样。

不过,我想是另一种情景:一场大雪后,荒野白茫茫一片,雪把所有界线和标识覆盖得一片模糊。最先出门的人,搞不清道路的确切位置,但又不能不走,只好大概地瞄一个方向踏雪而去。晚出门的人、车马也都不加考虑地循着这行脚印走去。这样每一场雪后,道路总会偏离原来的轨迹,有时偏左,有时偏右。整个冬天没有几只脚真正地踩在路上。只有到了春天——融雪之后,人们才惊讶地发现:把路走偏了。但又没有谁会纠正这个错误,回到老路上去。反正,咋走还是走到该去的地方,目的地不会错的。

那时候我们刚刚结婚,我整夜守着你,不知道村里发生了啥事。几个兄弟都离我远远的,夜里他们睡在房顶和院子里。母亲啥都不让我干,顿顿给我吃鸡蛋。

"赶紧让你媳妇把娃娃怀上。"

母亲希望我们家能尽快来一个人。每天都有人走掉,好多人不见了。

我最听母亲的话，父亲离开后，母亲的话语成了我们家里唯一的长辈的声音。她温和舒缓地覆盖着这个家庭，我们按她说的去做，或者当面答应，背后照自己的想法去干活。无论听从与否，我们都不能没有这种声音——从祖辈的高处贯穿下来的骨肉之音。父亲母亲，你们的声音将最终成为儿女们的声音在代与代的山谷间经久回应。不管我们年轻时怎样不听话，违背母语父令，最终还是回到父亲母亲的声音中，用他们的话语表达我们自以为全新的人生，做着父母语言中的所有事情。

芥，你也是听了你母亲的话温温顺顺做了我的妻子。你老早就喜欢我，想嫁给我，你母亲同意后，这个意愿便成了你母亲的，你是个听话的好女儿，照母亲的意愿做了你愿意做的。我也一样。我蓄了二十多年的劲，磨了二十多年的刀，攒了二十多年的念想。现在，我终于和你睡在一个炕上，钻进一个被窝，我却突然意识到这是母亲安排我做的一件事。母亲说出之前我只是在夜里偷偷地想你，母亲说了，我就照她的意愿去做。

我十六岁那年，母亲让我去开一片荒地。放下这么多熟地不种，开什么荒呀。我心里嘀咕着，还是去了。那是片稀稀拉拉长着些蒿草的白皮地，看样子没人动过一锨一锄。这叫处女地，开起来费些劲，但你不能老在别人开过的地里倒腾。男人嘛，总要整几块处女地。我在地上挖了几锨，地太硬，锨怎么也插不进去。"母亲，我是不是劲太小了，没到开荒的年龄？"我问。"你父亲十三岁就开始在荒地里舞锨弄锄了。"母亲说。我懊丧地坐在地上，看着硬邦邦的生地愣了半天，快中午时，扛着锨回到家里。

你叫我做的每一件事我都躲不过去，现在不做，将来还会去做。

母亲，我面对的依旧是你几年前让我去开的那块荒。我依旧像几年前那样慌乱无措。

吃早饭时，我一直低着头不敢看你，也不敢看我的几个兄弟，他们眼巴巴地望着我，想让我回答什么。母亲，只有你看出来了。我的脸上依旧是几年前从荒地回来时的那副表情。

芥，我看见母亲叫过你，低声地问着什么。你一脸羞红，不时摇头或点头。早晨的阳光温和地照着院子，我浑身燥热，坐立不安，几个兄弟放下碗筷，正收拾农具准备下地。其中一个有意碰了一下我立在墙根的铁锨，锨倒了，我起身去扶。我是善用镰刀的人，你们却让我使锨。

我要在地上挖个洞。

挖个坑。

挖口深井。

我想着有个东西就像锨把一样粗硬起来。我回过头，看见母亲把嘴贴在你耳朵上很神秘地说了句什么。

你一直没告诉我母亲对你说的那句话。母亲从没有那样神秘地对我说过什么，她有很多儿女，不能单独把某些话语告诉其中一个，她的每句话都是说给每个儿女听的。她一定想通过你把一句隐秘的话悄悄传给我，你却把它隐藏了，不向我透露一个字。芥，你知不知道，有很多年，我每夜在你身上翻找，一遍又一遍，不放过一个隐秘处，每个地方我都想进去。我想象母亲的那句话已被你藏在身体的某处，我要找到它。从那时起，我就不再吻你的嘴唇，我把所有的热情用在别处，我想感动它们——我能感动它们。你的嘴唇不告诉我，我就问你的手指和眼睛，问你的肚脐，问你的头发和脚后跟，它们会说话，你的嘴说不出来的，无法表述的，它们会表达得生动而美丽。

村子里忽然响起男人和女人在一起时发出的那种呻吟。从路旁那些黑洞洞的窗口飘出来，空气被这种声音搞得湿乎乎的。

我记得以前村里没这种声音。那时的夜是多么安静。大人们悄无声息地行着房事，孩子们悄无声息地做着梦。不断走失的人让剩下的人感到了生育的紧迫。

多少年来，村里的男人女人虽是面对面、眼对眼、嘴对嘴、心对心地做那事，但都是黑灯瞎火，有天没日的。从窗户门缝透进点星光月光，也是朦朦胧胧，不明不白的。只觉得稀里糊涂就有了一炕儿女，金童玉女也好，歪瓜裂枣也罢，都是一种方式出来的。先是一对男女在黑暗的大土炕上摸到一起，而后是一尾精子和一尾卵子在更加黑暗的母体内摸索到一起。一个人从孕育到出生都是这么荒唐和盲目。

全不像种地，先分清种子。种瓜得瓜，种豆得豆。传宗接代的事却由不得你，种子撒出去，五花八门，谁知是些啥货色，管它饱子、秕子、病子，千万粒种子最后只发一个芽，结一个果。却不见得是最好的。

芥，我给你的都是秕子吗？都是存放经年的陈腐老种子吗？很多年间我不分季节地播种，我在一小块地上撒了那么多种子，竟没一个发芽的。是饥饿的你把我所有种子当口粮吞吃了，还是那块地里只长芳草？芥，你记不记得那个夜晚我提一把镰刀上炕，我把镰刀握在手里。你疑惑地看着我。我要把镰刀带进梦里。我要梦见你的那一块地。我要割光地里所有的草，让我的种子发芽长出粮食。

一个秋天的下午，我终于在一户人家的窗台上找到了我的镰刀，它被磨得只剩下一弯废铁。

这户人家看样子是喂牲口的，房前屋后垛了从远远近近的野地里割来的荒草，我的那捆草肯定压在这些高高的草垛中间，要是能翻出来，我会一眼认出它的。我捆草的方式跟谁都不一样。每一捆草上我都做了只有我能看出的记号。我暗暗在我经手的每件事情上都留下自己的痕迹，甚至在鞋底上刻上代表我名字的一个字，我走到哪儿，就把这个字印到哪儿，在某些关键地段，我有意把脚印踩得很深，我这样做只是为了多年后当我重返这片荒野时，能清晰地看到自己生活过的痕迹。很早我就预感到我还会来到这片荒野上，还会住进黄沙梁，不是我一个人，而是一大群，那时的我作为曾经人世的向导，走在浩浩荡荡的人群前面，扛一把铁锨指指点点。我引他们走我走过的长短路途，经历我经历过的所有事物，他们不会比我做得更出色。

我房前屋后转了一圈，没见一头牲口，人也不知干啥去了，门窗敞开着。我想喝口水，可是水缸是干的，院子中间的一棵榆树也像枯死多年了，树杈上高高地吊着只破马灯，足有两个人那么高。我想是树很小的时候，这家人把马灯挂在树枝上，坐在树下的灯影里一夜一夜地干着一件事。后来树长高了，马灯跟着升到高处，在这个谁也够不着的高度上马灯熬干灯油，自己熄灭了。这家人的活干完了没有呢？

枯树下面是一驾只剩一只轱辘的破马车，一匹马的骨架完整地堆在车辕中间。显然，马是套在车上死掉的，一副精致的皮套具还搭在马骨头上。这堆骨架由一根皮缰绳通过歪倒的马头拴在树干上，缰绳勒进树身好几寸，看来赶车人把车马拴在树上去干另一件事，结果再没回来——或者来得像我一样晚。这期间榆树长了一圈又一圈……

我坐在一把吱吱乱响的木椅上，爱怜地抚摸着我的镰刀，我真心疼啊。是怎样的一个人把我的镰刀使唤成这样了。他用我的镰刀干完了本该由我去干的这些活，要不是找这把镰刀，我的草也会垛得跟这户人家的一样高。一把好镰刀，在别人手中经历了一切，变成一弯废铁，它干出的活成了别人的。我想了想，要干掉多少活才能磨废一把镰刀呢？干完这些活要花多少个年月。想着想着我惊愕了：这户人早已不在人世。

我不知道时间过去了多少年，也许我的一辈子早就完了，而我还浑然不觉地在世间游荡，没完没了。做着早不该我做的事情，走着早就不属于我的路。

亲人们一个个走掉了，村里人也都搬到别处，我的四周寂静下来，远远近近，没有人说话的声音，也听不到走路声。我在一个人的村庄进进出出，没有谁为我敲响收工的晚钟，告诉我：天黑了，你该歇息了。没有谁通知我：那些地不用再种，播种和收获都已结束；那个院子再不用去扫，尘土不会再飘起，树叶不会再落下。更没有谁暗示我：那个叫芥的女人，你不必去想念了。她的音容笑貌，她的青春，一切的一切，都在一场风中飘散。结束吧，世间还有另一些事情，等着发生呢。

© 中南博集天卷文化传媒有限公司。本书版权受法律保护。未经权利人许可，任何人不得以任何方式使用本书包括正文、插图、封面、版式等任何部分内容，违者将受到法律制裁。

图书在版编目（CIP）数据

新疆故事集 / 刘亮程著 . -- 长沙：湖南文艺出版社，2025.5. --ISBN 978-7-5726-2244-1
Ⅰ.I267
中国国家版本馆 CIP 数据核字第 2025CB0286 号

上架建议：畅销・文学

XINJIANG GUSHI JI
新疆故事集

著　　者：刘亮程
出 版 人：陈新文
责任编辑：张子霏
出 品 方：好读文化
出 品 人：姚常伟
监　　制：毛闽峰
策划编辑：罗　元　牛　雪
特约策划：张若琳
文案编辑：赵志华
营销编辑：刘　昫　大　焦
封面设计：所以设计馆
版式设计：鸣阅空间
出　　版：湖南文艺出版社
　　　　　（长沙市雨花区东二环一段 508 号　邮编：410014）
网　　址：www.hnwy.net
印　　刷：北京美图印务有限公司
经　　销：新华书店
开　　本：875 mm × 1230 mm　1/32
字　　数：167 千字
印　　张：8.125
版　　次：2025 年 5 月第 1 版
印　　次：2025 年 5 月第 1 次印刷
书　　号：ISBN 978-7-5726-2244-1
定　　价：58.00 元

若有质量问题，请致电质量监督电话：010-59096394
团购电话：010-59320018